JN108383
Star-slashing★
Kenshi
星斬りの剣士
①
アルト Illustration ろるあ

CONTENTS

一話

その日、おれは不思議な夢を見た。

平凡な村人でしかなかったおれは、どうしてか、一人の剣士の生涯を夢の中で追憶していた。刃鉄(はがね)の軀を束ねる『星斬り』の憧憬を抱き続けた剣士の生を。

「痛っ……」

ズキン、とした鈍痛がじんわりと滲み込み、脳に伝達される。

強烈な頭痛と過剰過ぎる記憶の奔流が、おれの意識を覚醒させた。夢で目にした剣士は、強さに憧れていた。最強という言葉にするとあまりに陳腐な二文字に、心の底から憧れていたのだ。

そして、彼はその憧れに手を伸ばし続け、その果てに己が真に最強であると、『星を斬る』行為を以てして世界中に知らしめようと試みた愚直過ぎる剣士であった。

闇に覆われた夜天。

疎らに散らばる皎皎たる星々は、思わず自分の宝箱にしまいたくなるまでに、綺麗に瞳に映される。けれど、誰もそれを手にする事が出来ない。否、手の届かない場所であると誰もが自覚しているが故に手にしたいという原初の欲求すらも湧き上がらなくなっていた。

だから、ある剣士は考えた。

『そんな星を斬れば』己の剣の強さを万人に証明出来るのではないのか、と。

そして、それを正しいと信じて疑わなかった剣士は、『星斬り』を己の指針とし、血を吐くように渇望した。どこまでも広がる澄んだ淡青(たんせい)な空の下、ひたすらに剣を振るった。『星斬り』を成す為の糧となり得る好敵手を求め続けた。

「星、斬り……」

追憶した剣士の根幹とも言える行為であり、言葉。どうしてか、それが無意識のうちに口を衝いて出た。不思議とその言葉はストンと胸の奥にはまり込むような、そんな錯覚におれは陥った。

次いで、その『星斬り』という言葉に妙な親近感を覚え、そしておれは希望を抱いた。憧れて、しまった。

ただひたすら同じ毎日を過ごす日々。

どこにでもいる村人としての暮らしに、もしかするとおれが自覚していなかっただけで、辟易していたのかもしれない。それ程までに、おれの言葉には今までにない熱を帯びていた。

「すご、い」

喉を震わせ、掠れるような声で言葉を紡ぐ。

頭痛による違和感が付きまとっていたが、それがどうしたと言わんばかりに、『星斬り』という言葉に焦点を当てれば当てるほど、痛みの残滓は薄れ、際限なく湧き上がる憧憬。

「すごい凄いスゴイ!!!」

飛び起きるように上体を起こしたおれは、目を爛々と輝かせながら夢の中で剣を振るっていた剣士を賛美する。

終ぞ、『星斬り』を成し遂げる事なく生を終えてしまった剣士であったが、彼の人生は輝いていた。彼の世界は、おれの心を釘付けにしてしまうほど美しく、どこまでも眩かった。

希望に、満ち溢れていた。

「かっこいい、な……」

あの剣士ですら手が届かなかった御業とも形容すべき『星斬り』に。それを目指し続けた生き方に、おれはこの日この瞬間、心の底から憧れてしまった。

怠惰に、いち村人として日々を過ごしていたおれにとって、あの剣士の生き方というものはあまりに眩しくて。それでいて、思わず手を伸ばしたくなるような。

そんな、宝石のようなものであった。

「けど、剣士、か……」

おれは、ただの村人。

そこら中に掃いて捨てるほどいるような平凡な村人だ。

そんなおれが剣士を夢見て？　それは、どこまでも分不相応な願いであると、すぐに自覚してしまった。

「……ううん。だけど、だとしても」

けれどおれは、分不相応と知りながらも先程の考えを振り捨てようと小首を右左にぶんぶんと振る。

「おれは、やってみたい」

今のおれは星を斬るどころか、まともに剣すら振れるか怪しい。なにせおれは村人なのだ。平凡なただの村人。

本来ならば剣を振るう機会に一度も恵まれなかったかもしれない生まれ。

仮に目指すとしても不安ばかりが募る。

けれど、おれには『星斬り』を成す為に身に付けるべき手本（記憶）があった。『剣鬼』と呼ばれた剣士の手本（記憶）が。憧れが。

「後悔だけは、したくないから」

自分には縁のない話であると、あの夢をおれは切り捨てられなかった。夢で見た色褪せない生の景色。

数える事が億劫になるまでに繰り広げられた凄絶な死闘の数々。傷つき、傷つけ合う事で切磋琢磨し合った何人ものライバル。

こんな場所で、ただの村人として無駄に生を終えようとしていた自分がどうしようもなく恥ずかしかった。愚かしいと思えてしまった。

たった一度しかないおれの人生を、そこら中にありふれた一人の村人としての生として終わらせたくなかったのだ。

世界は輝き、命は燃える。

生き方次第であんなにも輝いた人生が送れると知ってしまったおれに、後戻りをするという選択肢は既に存在していなかった。

あるのは、ひたすら前に進む道のみ。

そしておれもまたあの剣士と同様、『星斬り』を夢見るのであれば、少なくともあの剣士と同等以上の技量を身に付けない事には話は始まらない。

人外染みた剣の技量。それを支える体術、経験、長年にわたって培ったであろう、勘。

それら全てを身に付けない事には、あの剣士が立っていた土俵にすら上がれない。

だからおれは、『星斬り』を成すにあたって何が必要であるのか。それを強く理解し、頭の中に深く刻み込む。

「毎日ずっと同じ事の繰り返しより、ぜったいこっちの方が楽しい」

寝て、食べて、畑を耕して。

それだけの生活を送るより、絶対に『星斬り』を夢見た剣士が送った生の方が楽しい。それは逡巡なく言い切れた。

「だから、おれはやるよ」

誰かに向けて宣誓でもするかのように。

おれは希望と期待に溢れた感情を言葉に乗せて、吐き出した。

「……やる、じゃない。おれが、やってみせる」

年相応に幼さの残る口を愉悦に歪めながら、おれは歓喜を湛えた表情で言葉を並べていく。

「いつかあのそらに浮かぶ星を」

いくら手を伸ばしても、届く気がしない星に向かって、おれは傲慢に宣うのだ。

「おれが、斬ってみせる」

８歳の誕生日を迎えたその日の夜。

おれは生き甲斐を見つけた。

果てしないまでに遠くに存在する憧れを、見つけた。

どうしてか、その日を境におれは自分の瞳に映る世界が輝きはじめたような。そんな、気がした。

二話

「――俺は、星を斬りたいんだよ」

俺がそう言えば、誰もが呆れた。

同年代の奴らはみんな俺の事を笑っていた。

分を弁(わきま)えるべきだ、と。

ただの村人でしかない俺が、剣士を目指すどころか『星斬り』という現実離れした行為に憧れる。

夢を見るのもいいが程々にしろと両親にだって呆れられたくらいだ。その憧憬に対し、肯定的な人間は俺の周りには誰一人として存在しなかった。

「星、ねえ……」

ぶんっ、ぶんっ。

と風切り音を響かせ、先端部分が折れてしまい、取っ手部分だけとなった鍬の残骸をひたすら上下に振り続ける俺を半眼で眺める童女。

彼女の名は――ソフィア。

俺の幼馴染みであり、『星斬り』に呆れる人間の一人だ。

あの鮮烈な夢をみたあの日から既に四年の月日が経過しており、俺は12歳となっていた。

けれど、『星斬り』の熱は冷める事を知らず、それどころか、その熱は高まるばかり。

だから俺は、あの日よりずっとひたすらに鍬の残骸を来る日も来る日も振り続けていた。

誰がなんと言おうと聞く耳を持たない姿勢を崩さなかったからか、今や俺の村人らしくない行為に苦言を呈するのはこのソフィアただ一人だけとなっている。

「あたしにはユリウスの考えが全然分っかんない」

そう言って彼女は、深いため息を吐きながらうな垂れた。

『格好良かったから憧れた。俺もなりたいと思ったから志した』

それが『星斬り』を志す俺の原点。

『星斬り』を夢見た剣士の生き様に憧れ、俺も彼と同様の情熱を抱いてしまったからこそ、こうして剣士の真似事をしている。『星斬り』を成し遂げるべく腕が上がらなくなるまでの素振りを四年もの間続けていたのだ。

しかし、ソフィアはその考えこそが心底理解出来ないとばかりに嘆息してみせた。

だけど、仕方ないと思う。

きっとこればかりは、俺と同じ情熱を抱かない事には理解出来ないだろうから。

理屈とか、そういう問題ではないからこそ、尚更そう思わざるを得なかった。

「ユリウスはさ、冒険者になりたいの？」

「……………ん？」

作業のように、一定間隔で振るっていた腕の動きが少しだけ鈍る。それは、耳にタコができるほど投げかけられてきた質問。剣士を目指そうとする俺に対し、誰もが尋ねてきたありふれた質問だった。

「俺は……星を斬りたいだけだよ。星を斬れるのなら俺はなんでもいい」

そう言って俺は、ソフィアの問い掛けに対して否定する。

冒険者とは魔物を狩る事で生計を立てている者達の通称だ。剣士であったり、魔法使いであったり。

冒険者を志す者の中にはそういった者達が数多く存在している。だから、彼女が俺にそんな問い掛けをしたのだろうと思った。

「……やっぱり、あたしにはユリウスの考えが分かんない」

目に見える利潤追求の為であればソフィアもすぐに納得してくれただろうが、俺が剣を振るう理由は、それとは全く異なっていた。

『星斬り』を夢見たあの剣士のような輝いた生を送りたい。俺も、彼と同じ情熱を抱きたい。そんな考えが根底に据えられている。だから、ソフィアにとって俺の考えというものは理解の埒外に置かれていた。

「そっか」

元より、理解は求めていない。

時に人をも殺す凶刃たり得る剣。

それを当たり前のように振るう剣士を目指す理由は、どこまで煎じ詰めようが『憧れたから』。そこに行き着いてしまう。たぶん、他者には理解されないだろう。それこそ、俺と同じ熱を抱く者以外はあり得ない。そう、言い切れた。

だがそれでも。

俺が『星斬り』を志し、四年経った今でもこうして気にかけてくれるソフィアにだからこそ、言うべき事が一つだけあった。

「……でも」

「……?」

「誰からも理解されない考えだとしても、でも俺は楽しいよ。以前までとは違って、世界が輝いて見える。惰性で生きるより、このくらい馬鹿げた目標を持ってる方が楽しい。そう思うんだ」

鍬の残骸を振りながらそう口にする俺の発言が意外だったのか。ソフィアは一瞬だけ瞠目(どうもく)してから顔を綻ばせ、くすりと笑みをもらした。

「なんか、ユリウスって変わったよね」

「俺が?」

「うん。前まで死んだ魚みたいな目をしてたのに今は普通の人間みたいな目をしてる」

「………………」

思わず、鍬の残骸を振るう手が止まる。

が、それも一瞬の出来事。俺はどうにか持ち直し、再び素振りを開始した。

「……そ、そっか」

「なんかね、急に生気を帯びたというか。あたしにはその楽しさは分からないけど、でも傍から見ててもすごく楽しそう。四年前のあの日から、ずっと」

四年前の、あの日。

『星斬り』を夢見た剣士の記憶を見たあの日から、俺は『星斬り』を成すべく鍬の残骸である棒切れを手にし、朝から晩までひたすら素振りを行うようになった。時には異なった事もしていたが、基本的にはその素振りの繰り返し。

村のみんなからは奇異の視線で見られるようになったあの日。きっと、ソフィアが言っているのはその時の事だろう。

「だからね。あたしも何かユリウスみたいに新しい事に挑戦しようって最近思ったの！」

「新しい事？」

「そう。新しい事！　あたしね、実は治癒魔法の才能があるみたいなんだ。だから、この前村にきた司祭さまから勧誘されてるの。治癒師にならないかって」

「へぇ」

治癒師とは貴重な存在だ。

誰しもがなれる職業ではない。

何故ならば、治癒師に欠かせない治癒の魔法の才がある人間でなければそれは務まらないからだ。

ソフィアにそんな才能があったのかと驚くと同時に、ならばそれを活かすべきだろうと、頭を悩ませる彼女の背中を俺は少しだけ押す事にした。

「俺は、良いと思うよ」

ぶんっ、ぶんっ、と素振りを続けたまま俺は言う。

「ほんとにっ？」

「うん。ソフィアには治癒師の才能があるんでしょ？　なら、それを然るべき場で活かしたら良いと思うけどな。せっかくの才能を腐らすなんて勿体無いよ」

また村から若者が減るだなんだと、俺がソフィアの背中を押したと聞けば村長あたりからどやされる気しかしなかったが、それでも、俺は心底そう思った。

せっかくの才能を腐らせるべきではない、と。

「勿体無い、かぁ……よしっ。うん。あたし、司祭さまのお誘いを受けて治癒師になろうと思う！」

数拍ほどの間を空けた後、ソフィアは握り拳を作りながら力強い声で俺に向かってそう宣言をした。

「でも、そうなると王都で一人ぼっちになっちゃうんだよねえ……」

わざとらしくチラチラと俺に視線を向けて来るソフィアに対し、今度は俺が半眼で「……なんだよ」と物言いたげな態度をとる彼女に向かって言葉を投げ掛ける。

「だからさ。ね、ユリウス。一緒に王都に行かない？」

「俺が？」

「だってうちの村って、ユリウス以外で村を出ようとしてる同年代の子っていないんだもーん。それに、ユリウスはあたしの背中を押した張本人だし」

閉鎖的なうちの村では確かに、俺やソフィアと同世代の者で村の外に出たがっている人間はいない。皆が皆、平凡に生を過ごし、終えようとしている人達ばかりだ。

それもあってだろう。『星斬り』を志し、素振りをひたすら続ける俺の異常性は浮き彫りとなり、奇異の視線の的であった。

「王都に行けばダンジョンがあるよ？　ユリウスは強くなりたいんでしょ？　少なくとも村(ここ)で素振りを続けてるよりよっぽど都合が良いと思うけど」

「……ん」

……確かに一理ある。

思わずそう思ってしまったからこそ、反射的に悩ましげな唸り声が出てしまっていた。

ダンジョンとは、先程ソフィアが言っていた冒険者と呼ばれる者達が稼ぎ場としている魔物の巣窟の通称である。

愚直に素振りを続けるのも良いが、ダンジョンで魔物を相手にした方がお金も稼げて都合が良いんじゃないか。

そのソフィアの言い分はどこまでも正論で、思わず頷いてしまいそうになる。

でも、俺は彼女の言葉に対して首を横に振る事にした。

「俺もソフィアの言う通りだと思う。でも、俺はいいや」

「……なんで？」

不機嫌に、彼女は顔を顰（しか）める。

それもその筈。

俺もソフィアと同じ意見と言っておきながら首を横に振っているのだから。

矛盾もいいところだ。

「あと数年だけ俺はこの棒切れを振っていたい。まだまだ俺は村の外に出るには鍛錬が足りないと思うから」

体力も、技量も。

何もかもが俺には欠落している。

だからもう少しだけ――。

「王都になら、ユリウスに剣を教えてくれる人がいるかもしれないのに？」

「それでも、だよ」

俺にとっての剣の師は既に存在している。

人ではなく、ただ記憶でしかないが俺にとっては唯一無二のお手本。憧れた原点だ。あれを辿ることこそが己のやるべき事であると信じて疑っていないからこそ、俺は彼女の言葉に対し、そう即答していた。

「むぅ――」

ぷくーっ、と頬を膨らませ、融通の利かない俺をソフィアは睨（ね）め付ける。しかし俺は、それを柳に風と受け流し、止めていた手を動かし、素振りを再開する。

「……知らない。もー知らないから！　せっかくあたしが誘ってあげたのにそれを台無しにするようなユリウスなんて知らない!!」

ヤケクソになって背を向け、肩を怒らせながらわざとらしく足音を立ててその場を去っていこうとするソフィアであったが、俺が彼女を引き止めると思っていたのか。はたまた、引き止めて欲しかったのか。

その歩幅は怒り心頭な様子とは打って変わって小さい。

「も、もういいもん！　あたしは一人寂しく王都に向かうから!!　今夜村に来る冒険者の方と心細く王都に向かえばいいいんでしょ！」

一向に去っていく彼女を引き留める気配が無かった俺の態度が気に食わなかったのだろう。

再び俺に向き直り、あっかんベーっ！　のポーズを取ってからソフィアは駆け出した。

「……冒険者、ね」

小さくなっていく彼女の背中を横目に、最近、やけに聞く機会に恵まれていたその言葉を俺は小声で反芻した。

村の外でゴブリンと呼ばれる魔物を村の者の一人が目にしたらしく、王都にある冒険者ギルドへ討伐の依頼を村長が出したのが先月の出来事。

どうにも、近辺で魔物の大量発生だなんだと意図せぬ物騒な出来事が立て続けに起きていたようで、Ｂランクの冒険者パーティーが村へやって来る事となり村長が自慢気に語っていたのがつい昨日の話であったからか。

少しだけ思うところがあった。

「興味がない、といえば嘘になるけど」

けれども、現時点において俺は冒険者になる気はなかった。

「それでも俺は――――」

だから、いくらソフィアから行こうと誘われても、俺は「分かった」と頷く事は出来なくて。

「――――って。ソフィアの奴、あれほど村長から村の外に出るなって言われてたのに」

彼女が駆け出した方角。

それは、村の外に位置する川のほとりに続く道であった。

ゴブリンを見かけたとされるひと月前より、村の外には出来る限り出ないようにしろと散々怒られていたにもかかわらず、ソフィアはこうして頻繁に外へ向かう。

彼女曰く、どうにも、村の中にいるより外に出た方が落ち着けるのだとか。

「ま、あいつの事だから心配はいらないんだろうけどさ」

やけにすばしっこい幼馴染みの事を想いながら、俺は再び素振りに意識を向ける。

この時の俺は、知る由もなかった。

この出来事が、四年前のあの日と同様の分岐点である事を。俺は、まだ知らなかった。

三話

「ユリウス」

すっかり日は傾き、斜陽さし込む黄昏時。

未だ鍬の残骸である棒切れ部分を手に、素振りを続ける俺の名を誰かが呼ぶ。

それは、聞き慣れた声音だった。

少しだけ嗄(しゃが)れた特徴的な親父の声。

「ソフィアちゃんを見なかったか」

続く言葉は、どこか切迫しているかのような。

普段の親父らしくない感情が端々に込められた言葉であった。何かあったのか。

そんな事を思い、俺は表情を僅かに歪めながら「いいや」と言い、首を横に振った。

「ソフィアなら、昼に一度見たっきりだけど……何かあった？」

普段ならば、日が暮れても一向に自発的に素振りをやめようとしない俺を呆れ返った様子の親父が夕飯だからと連れ戻しにくるという、最早お決まりとなってしまっていたやり取りの繰り返しであったというのにどうしてか、今日だけいつもと異なっていた。

「向かった先に心当たりは」

即座に返ってくる言葉。

ただならぬ事情でもあるのか、俺の質問を度外視してまで立て続けに質問を投げかけるその様子は、焦燥感に駆られているようにしか見えなかった。

「……多分、いつも通り川のほとりだと思うけど」

「やはり外か……ッ」

苦虫を嚙み潰したような表情に一変させ、親父は忌々しそうに声をもらす。

ソフィアが外に出かけるなんて常だろうに今日に限ってどうしてそんなに難しい顔をするのか。

その理由に心当たりがなかった俺は堪らず、脇目も振らず駆けていこうとする親父に向かって、待ったをかけた。

「……何があったんだよ」

親父に時間が無く、火急の用である事は一目瞭然だ。けれど、俺はそれでもと、もう一度尋ねた。

否、尋ねずにはいられなかった。

「……村の外で、魔物を見たと言う者がいる」

「そんなの——」

今更じゃん。と、俺は言おうとした。

何故なら、ひと月ほど前から魔物の存在は確認されていたからだ。だから今夜、討伐依頼を受けた冒険者がやって来るわけで、親父がそこまでして焦る必要のある案件とはとてもじゃないが思えない。

「ああ、そうだな。その魔物がゴブリンならこうも焦る必要は無かった」

「…………」

俺は、言葉に詰まった。

親父のその言い方だと、まるで村の外で目にしたという魔物がゴブリンじゃない魔物としか受け取れないから。

……いや、きっとそういう意図を含めた物言いをあえてしたのだろう。

「……村の外で、オーガのような魔物を見たらしい」

「は？」

反射的に上ずった声が出た。

あまりに現実離れした親父の発言に、俺の思考は一瞬だけ真っ白となる。

オーガ。

それは鬼のような姿の魔物であり、ゴブリンの討伐レベルがFである事に対し、オーガは数段上のBランク若しくはCランク。オーガは個体の大きさで討伐ランクが変動する魔物で、ゴブリンとの脅威の差でいえば赤子と大人レベルで異なっている。

――――いくらなんでも、見間違いじゃないのか。

そんな願望にも似た考えが脳裏に浮かぶも、俺はすぐさまその思考をかき消した。

魔物が主な住処（すみか）とする森。その付近に位置する村落などでは最低限度の魔物に関する知識をまず先に教え込まれる。ゴブリン、オーク、オーガ。

そういった魔物を見かけたにもかかわらず、放置していれば最悪、村中がパニックに陥る可能性が生まれるからだ。だから、村の人間はまず先に魔物の知識を教え込まれる。

だからこそ、見間違えだと安易に決めつける事は出来なかった。

「幸か不幸か、冒険者がやって来るのは今夜……。本当にオーガであるならば、冒険者を待つ他ない」

幸い、まだ日は落ちきっていない。

まだ、ソフィアちゃんが帰ってくる可能性は十二分にあると親父は言葉を締めくくる。

ゴブリンならばまだしも、オーガとなれば最早、逆立ちしても武に覚えのない村人が勝てる相手ではない。立ち向かう者がいるとすれば、それはただの死にたがりとしか映らないだろう。

それについては、俺も親父と同じ意見だった。

だけど。だけれど。

「……もし、日没までにソフィアが帰ってこなかった時はどうするんだよ親父」

「…………」

どうしてか。

俺のその問いに対して、親父はすぐに返答をしてくれなかった。

「……その時は、私達がなんとかする」

親父の言う私達が、恐らく俺のような子供ではなく大人という意味合いである事はすぐに分かった。

子供はお呼びではない。言外に言い含めたその考えは、驚く程容易に理解ができてしまった。

「ユリウスも今日は早く家に戻れ。母さんが心配してる」

もし、村の外に出たのがソフィアではなく俺だったならば親父の対応は今と異なっていたかもしれない。何故ならば、所詮ソフィアは親父にとって親しい近所の子にしか過ぎないからだ。

他人か、家族か。

この差はやはりこういう場面で浮き彫りとなってしまう。

「……分かった」

ソフィアが外に出る事はいつもの事だが、多少なりとも今回ばかりは俺も責任を感じてしまっていた。

仮に、俺が彼女からの申し出に対し、素直に頷いていれば。詮無き事ではあるが、こんな事態に陥ってしまったからだろう。そんな「もし」の想像がやけに働いてしまっていた。

「私は、この事を知らせに村長の下へ行ってくる」

察するに、親父はオーガの知らせを聞くや否や真っ先に俺の下へ駆けつけて来てくれたのだろう。

外は危険だと知らせる為に。

「真っ直ぐ家へ帰る事。分かったか？　ユリウス」

「分かってるって」

そんなに俺が信用ならないのか。

親父はこうして再三にわたって確認を取ってくる。

まだソフィアが帰ってこないと決まったわけじゃあるまいし、俺が何かしらのアクションを起こす筈もないだろうに。……というか。

「……なぁ、親父」

「なんだ？」

「もしかして親父って俺がソフィアが心配で堪らないと思ってるって考えてる？」

「そうだろう？」

何を今更と言わんばかりに親父は、どこか気の抜けた面持ちの俺とは異なり、真顔で見詰め返してくる。

「お前、ソフィアちゃんとだけは仲が良いじゃないか」

「……ぁあ、まあ、そうなんだけどさ」

仲が良いというのは少し誤謬(ごびゅう)がある。

仲が良いというより、『星斬り』なんて馬鹿げた事を夢見る俺に構おうとする人間がソフィアだけだったという話。逆に、ソフィアはそんな異端児といって差し支えない俺のような存在に構って退屈しのぎをしていただけだ。

周りから見れば仲が良く映るのかもしれないが、俺としては仲が良いと言われる事に対し、何故か納得がいかない。

「だから」

前置きを一つ。

「何があっても、過信だけはするなユリウス」

俺の親父は、村人は村人でも、少しだけ弓の扱いに長けた狩人と呼ばれる村人だ。

鳥や、食用の魔物を時に狩ったりしている村人である。

村には親父のような狩人が他に三人ほどいるが、ゴブリンは集団行動をする悪食の魔物。念には念をという事で冒険者の手を借りる選択肢を選んだ親父達狩人はどこまでも慎重な性格をしている。

故の警告。

「棒切れを振るうのは構わない。それは体力錬成が村人として生きていく上で必要不可欠だからだ。たかが四年。棒切れを振っていた程度で己が強くなったとは思うな。それは、大きな勘違いだ」

きっと親父は懸念していたのだろう。

勝手に俺が勇んでオーガに相対しようとする事を。

俺が、己が強くなっていると過信している事を。

「分かってる。そんな事は言われなくとも」

しかし、親父のその懸念は必要なかった。

何故ならば、俺は。ユリウスという少年は、世界中の誰よりも身の程を弁えた人間だからだ。

過信をするだなんてとんでもない。自分が選ばれた者？　都合よく奇跡が起こる？　神さまが助けてくれる？　俺が強者？

愚直に剣を振り続けた剣士の生涯を追憶した俺ほど、身の程を弁えた人間も世界に二人といまい。

だからもし仮に、無茶をする事があるならば、それはきっと、何かの為に脇目も振らず理性をかなぐり捨てている時。そうまでして、成したい何かに直面した時だ。

「……なら、良いが」

そう言って親父は、村長の下へ向かうべく俺に背を向け踵(きびす)を返す。

見慣れた背中。

だというのに、どうしてか、親父の背中は普段よりもずっと小さく俺の瞳には映っていた。

◇◇◇

「……ソフィアのやつ、一体何してるんだか」

胸の内に渦巻いた不安に似た感情を押し隠すように、俺はそんな事をひとりごちた。

時刻は、既に日が暮れて約30分ほど経過していたが、ソフィアの姿が見える気配は一向になかった。

夜闇が辺りを覆い、視界を照らす明かりは村長宅を照らす光と、天から降り注ぐ星の輝きのみ。

魔物は比較的、光に寄ってきやすい。だから、可能な限り寄せ付けないようにと今も尚、大人達が今後について話し合いをしているであろう村長宅以外の家宅に光はなかった。

「……はぁ」

今日はどうしてか、外は肌寒い。

吐いたため息も心なしか白く見えたような、そんな気がした。

家の外――――誰かを待つかのように扉の前で立ち尽くす俺であるが、家の外へ出たのはつい先程。

だから、村長宅でどんな話し合いをしているのかについて、俺は何も知り得てはいなかった。

家の中にいる母親には、ソフィアが帰ってくるのを待ちたいと言うと家の外で待つくらいならと許可をしてくれた。きっと、親父と同様、母親も俺とソフィアの仲を勘違いしているに違いない。

けれど、今回ばかりは都合が良かったのであえて訂正はしなかった。

「……あっちは一体、なんの話をしてるのやら」

ガヤガヤとした喧騒が少し離れた場所からでも聞こえてしまう。とてもじゃないが友好的なものには思えない。

どんな話をしているのか。気になってしまった俺は、少しだけと己自身に言い聞かせ、村長宅へと足を進めた。


「だから!!!　オレ達は明朝まで待てと言ってるんだ!!」

今まで一度も聞いたことの無い野太い声。

男性のものであろうその声音が、まず最初に俺の鼓膜を揺らした。

「子供が一人、村の外から戻ってきていないんです……ッ。明朝だなんて遅過ぎる……!!」

「魔物は夜目が利く上、夜中はあいつらの本領が何かと発揮されやすい!!　今駆けつけたところでオーガどころか、ゴブリンですら危険な存在と化して襲い掛かってくる!! あんた達はオレ達に死んでこいと言いてえのか!? そんな義理がどこにあるよ!?」

「……ッ」

威圧的な口調で言い放つ野太い声の男と会話を交わす男性。その人を俺は知っていた。

何故ならばそれは、この村の村長であり、俺の幼馴染みであるソフィアの父——アレクさんのものであったから。

光が差し込む小窓からひょっこりと顔をのぞかせてみると、中では見た事の無い四人組の男性と、村長と親父含む村の人間五人ほどがいがみ合うかのように相対していた。本来、俺は世間知らずな12歳の村人である筈だった。けれど、あの日あの時見てしまったとある剣士の生涯が、俺という人間の人格などに強く作用した。そのせいもあって、魔物に対する理解も人一倍強い。

だからだろう。声を怒らせる男性の言い分が正しい事が分かってしまった。

だからだろう。都合よく奇跡なんて起こらないと達観してしまっているのは。

だからだろう。一目見ただけだが、声を張り上げていた見知らぬ男達が冒険者と呼ばれる者達なのだろうと察せたワケは。

だから、だろう。

村長宅に乗り込むのではなく、俺がそこに背を向けるという選択肢を選び取った理由、は。

「なんで、だろ」

自分自身ですらも未だ理解が及んでいない行為に疑問符を浮かべ、俺は苦笑いをしながらそらを仰ぎ見る。

ずっと、ずっと遠くに輝く星が俺を見下ろしていた。

「勝てる自信がある？　……いいや、違う。今の俺に勝てるビジョンなんて浮かぶ筈もない」

相手は、大の大人ですら身が竦んでしまう魔物——オーガである。たかが四年。親父の言う通りだ。どれだけ凄い記憶（手本）があろうとも、俺が剣士を。『星斬り』を志したのは四年前。あまりにそれは浅く、少ない。

自信を構築する要素たる場数と経験の量。

それらが絶対的に足りていない俺が勝てる自信など抱ける筈もなかった。

もし仮に、オーガと俺が対峙することになればそれこそ、命を賭ける必要性が生まれる筈だ。そうでなければまともに抗（あらが）う事も出来ずに命の火は絶えてしまうから。

ロクに自信もない俺が、ならばどうして。どうして。

「あーあ……ほんっと、なんでだろ」

村長宅に背を向けた俺の足は、家ではなく、つい数時間前まで素振りを行っていた場所へ向かっていた。

そもそも、俺の成したいことは何か。

それは——『星斬り』だ。

その『星斬り』を成す為に俺は鍛錬を続けると他でもないソフィアに言ったばかりだ。己の技量が足りていない事なぞ、誰から指摘を受けるまでもなく自覚している。

家で待っておけばいいじゃないか。他でもない俺自身だってそう思っているのだから。朝になれば冒険者の人達が討伐に向かってくれる。一縷の望みに賭けよう。まだ、最悪の事態が起こったと決まったわけじゃない。頭ではそう考えている筈なのにどうしてか足が動く。前に、進む。

頭と足が離れ離れになってしまっているのではないか。そんな心配を思わずしてしまいたくなる迄に思考と行動が一致していない。

「同情したから？　……いや、たぶんそれも違う」

冒険者であろう者の発言を聞く限り、ソフィアは半ば見捨てられている。だから、俺はそんな彼女に同情して――。

そんな考えも浮かんだが、俺は即座に切り捨てた。

俺は、正義感や情に溢れた人間ではないと己自身が誰よりも知っていたから。

だったら何故。どうして、対峙すれば死ぬかもしれない相手と遭遇する確率が高い選択肢を俺は選ぼうとしているのか。最早、答えとなり得る選択肢なぞ殆ど残ってはいやしない。だから、どこまでも容易にたどり着けた。

「失いたく、ないから……か」

四年前のあの日。

俺の記憶の中へ鮮烈に刻み込まれた剣士の生涯。

それ以降、まるで人が変わったかのように剣士を志した俺であるが、勿論、それまでに村人らしい人生も確かに歩んでいた。

『前まで死んだ魚みたいな目をしてたのに今は普通の人間みたいな目をしてる』

俺と、ソフィアは幼馴染みだ。

それも、生まれた時からの付き合いといってもいい。

『星斬り』を志す事にしてからは必要以上に絡んでくるようになったソフィアであるが、それ以前からもそれなりに友好的ではあった。

だからだろう。昔から俺を見ていた人だから、そんな言葉が出てきた。

「ああ、たぶんそれだ。きっと俺は、死なれるのが嫌だったんだ」

知り合いが。

自分の記憶に存在する知人がいなくなる事が嫌だった。

だから、こうして心配をしてしまっている。

自分一人が向かったところで意味を成さない可能性の方が高いだろうに、足を進めてしまっている。

それは、失う事はイヤだから、というどこまでも子供らしい思考に基づいた行動。多少、あの剣士の生涯を追憶し、達観めいた性格になっていたとしても根っこの部分は変えられない。

自分は、まだ12歳の少年である事を自覚させられながら俺は、苦笑いを浮かべた。

「それに」

良い機会じゃないか。

言葉にこそしなかったが俺は笑みを深める。

「いつか、何かしらの壁は越えなきゃいけないと思ってた」

それが、今日だったというだけの話。

少し、時期が早い気もする。鍛錬が足りていない気持ちは否めない。だけど、よくよく考えて見ればあの夢で見た剣士ですら時間が足らず、『星斬り』を終ぞ成せなかったのだ。遅過ぎる事はあっても、早すぎるという事はない筈である。

「オーガ程度に臆して何が『星斬り』だ」

臆する事は簡単だ。

見て見ぬ振りをするのも簡単だ。

簡単な事を成して、成して、成して。

それを積み上げ積み上げ積み上げ——どこまでも積み上げて。

果てに『星斬り』にたどり着けるだろうか？

あの、全てを捨てて死に物狂いで剣を振り続けた剣の鬼ですら手の届かなかった極致にそんなヤツがたどり着けるだろうか？

答えは、否だ。

「……やる事は、決まった」

記憶（手本）なら、ある。それも、極上とも言えるお手本が。

あの剣士ならば恐らく、オーガ程度、歯牙にもかけないであろう事は容易に想像がついた。何しろ、俺はあの剣士の生涯を見たのだ。あの、壮絶な剣技を。

だから、その剣士の記憶を正しくなぞれば、俺が負ける道理はないと言い切れた。

「これで懸念は、取り敢えず無くなった」

実力が、経験が、技量が。

一切合切、足りていないものだらけ。そんな俺が雑念を抱いたまま向かうなぞ、愚者にも程がある。

今の俺が許されている事はただ一つ。

無我夢中で、最善の結果を摑み取る。それだけだ。

俺自身の実力や経験を含め、今現在、足りていないものはあまりに多過ぎる。

だから余計な考えなぞ棄ててしまえ。

懸念など抱くな。渦巻く疑問は霧散させろ。

そう認識を改め、ふぅ、と息を吐く。

「やれるだけやろう」

もし仮に。

ここで俺がソフィアを見殺しにしたとしよう。

きっとそれは、一生俺に付きまとう十字架となって背中にのしかかると断言が出来た。

俺が生涯をかけて成したい『星斬り』。

しかし、心残りが。重石を背負いながら斬れるほど、『星斬り』は易くない。後悔という悔恨を抱いたまま成せるほど『星斬り』は甘くない。

だから俺は己自身の『星斬り』の野望の為に、ソフィア（あいつ）を迎えに行くのだ。

心の何処（どこ）かに存在するソフィアが死んでしまう事を拒む己の存在を無視し、こじつけのような理由を並べ、そう自分に言い聞かせて、俺はまた一歩とその場から遠ざかった。

「あら？」

村の外に位置する川のほとりに続く道を突き進んでいた俺の耳に、またしても聞き慣れない声が聞こえてきた。

今度は、女性特有の少し高い声音。

身なりは先程、村長宅で言い合いをしていた男達のものにとてもよく似ている。きっと彼女も冒険者なのだろう。瞬時に俺はそう判断した。

「ねえ、キミ。何処に行くの？」

「家。向こうに家があるからそこに」

実際に、家自体は存在する。

村の外に続く道の傍に一軒だけぽつりと存在する家が。

「そう。危険だからくれぐれも村の外には出ないようにね」

「分かった。ありがとうお姉さん」

ただ、それが既に使われていない廃墟で。

俺の家とは別で。向かう先でもないという嘘で塗り固められた発言という事に、偶然すれ違った初対面の女性が気付ける筈もなかった。

四話

無造作に立て掛けられていた鍬の残骸。

先端部分がほんの僅かにひしゃげた棒切れを俺は手に取り、軽く手首だけを使って試し振りを一度、二度と行う。

「ん」

手慣れた感覚。

毎日来る日も来る日も振るっていた棒切れは手によく馴染んだ。この誰にも使われていない納屋にソフィアがいるのでは。などという淡い期待もあったが、やはりというべきか。ソフィアどころか人の気配一つなかった。

「……いくか」

もたついている暇はない。

行動指針は、もう決まっているのだから。

でも、ほんの少し。

他者が見ても分からないだろう微々たる誤差ではあるが、俺は怯えていた。

実際に魔物と相対した事は、ただ一度として俺には経験がない。未知の敵。それが不安を抱かせる一番の要素であるとすぐに理解は及んだ。

が。

「は、はは。ははははっ」

俺は己自身が怯えている事を理解するや否や、口角を歪めてイヤに弾んだ笑い声を響かせる。

決してこれは、見栄ではない。取り繕いではない。偽りでもなく、心の底から抱いていた感情の吐露。

俺の記憶の中で生きる剣士。

彼が魂へ刻み込むようにひたすら、ひたすらに口ずさんでいた言葉通りであった事が、俺には面白くて仕方がなかった。だから、笑わずにはいられなかった。

『怯えてこそ、剣士なのだ。怯えぬ者に、伸び代などある筈もない。成長を促す感情とは、他でもない「怯え」なのだから。故に私は肯定しよう。「怯え」るモノは弱者？　ああ、ああ、好きに宣え。だが、私の考えは変わらん。何故か？　決まっているだろうが。この「怯え」は、私の糧となるのだから。嗚呼、ありがとう。私に「怯え」を抱かせてくれたツワモノよ。お陰で私は、

――――更に高みへ登る事が出来る』

湧き上がる感情は「怯え」。

大多数の人間は、その感情に対して肯定的ではないだろう。しかしその感情が、強くなりたいという想いを促進させる。それを頭で分かっていたからこそ。肌で感じたからこそ、俺は笑うのだ。

楽しくて、面白くて、嬉しくて仕方がないとばかりに破顔するのだ。

「俺は、肯定するよ。嗚呼、確かにこの感情は捨てるべきじゃない。一等大事に持っておくべきだ」

怖い。恐ろしい。

だから、そんな感情を薄められるように、今よりもっと強くなりたいという当たり前の感情論。

「ああ、うん。悪くない。見えない高みに向かって剣を振り続けるのも悪くなかったけど、これはこれで悪くない」

むしろ、心地が良かった。

「怯え」の感情を喜悦で包み込み、高揚感が全身に帯びる。惜しむらくは、この昂(たか)ぶる感情を抱く今この瞬間に、剣を手にしていたかったという事くらいか。

己の感情に従うようにぎゅっ、と力強く棒切れを握った。

「本当に……悪くない」

そう言って、俺は納屋へ背を向けた。

俺の足音が、村から遠ざかる。

川のほとり。きっと、ソフィアが隠れているとすれば、雨宿りなどで使っていると言っていた洞窟染みたあの場所だろう。

大方の目星をつけ、俺は足を動かす。

家にいろと強く言っていた親父に対して、申し訳ないという感情を抱きながらも、俺が家のある方角へ振り返る事はなかった。歩調に躊躇いは、入り混じっていなかった。

「ギィ……」

煤けた緑色の肌を持った小鬼の魔物。

不快感を掻き立てる鳴き声が、鼓膜を揺らす。

それが疎らに何処からともなく響き、少しだけ心臓がぎゅっと握りつぶされるような感覚に見舞われた。

村から川のほとりまでは徒歩で約10分。

昼間であれば一度として見かけた事は無かったというのに、どうしてかそこかしこから独特な鳴き声が聞こえてくる。

視覚に映らない敵。

その存在がどうしようもなく精神を削ってくるという事実を俺は今、ようやく認識していた。

「予想、以上にしんどいな……ッ」

いつ襲われるか分からない究極の緊張感。

それが、ひたすら続く。終わりは見えない。

だから、余計に精神の疲労が促進される。

そして、見つかるか見つからないか。

襲われるのか、襲われないのか。

その緊張感は、唐突に終わりを迎えるのだ。

「ギイィ」

それは、対峙するというカタチで。

「だよ、な。素通りなんて出来る筈ないよな」

オーガに挑む。

それを決めていたからこそ、ゴブリン如きで余計な体力を消費している場合ではない。

そんな思いが自分の中の何処かにあったから俺は必要以上の戦闘を行おうとはしていなかった。

でも、そんな願望が通る道理なんてものは存在しない。故に俺の目の前に猛禽類もかくやという炯眼で、鮮紅色に輝く赤色の目が俺を射抜いている。

棍棒のような得物が、俺に焦点を定めるように小さく揺れる。

「……ふぅ」

溜め込んでいた緊張感含め、丸ごと全部吐き出さんと俺は深いため息を吐いた。

長引けば長引く程、辺りに点在しているであろうゴブリンがここへ寄ってくるだろう。だから、時間はかけてられない。可能な限り、早く目の前のゴブリンを仕留めなければならなかった。

激しく脈動する心臓を落ち着かせ、俺は口を開く。

「来いよ」

筋力が少ない事は自覚している。

俺に、技量なんてものがない事も分かっている。

出来る事は、ただただ模倣する事だけ。

今の俺でも体現出来るワザを、食らわせるだけ。

棒切れを振りながら、何度も、何度も頭の中で描き続けてきた行為。既にやる事は決まっていた。

だから。

「一瞬で、終わらせてやる」

俺は、傲慢にそう告げた。

棒切れに触れる指の先から、感覚が研ぎ澄まされていく。四年間振るい続けてきたこの棒切れ。

今ならば、己の手足のように扱える。根拠も理屈もないが、どうしてかそう思えた。煩雑にじんわりと胸に滲み込んでいた感情を捨て置き、俺は棒切れを正眼に構える。

そして、数秒程度の静寂を経た後。

じゃり、と足音が立った。

それが———始動を知らせる音色であり、合図。

１３０cm程。

俺よりも随分と小さい小柄な身体(からだ)が、「ギィイ」という鳴き声を大気に響かせると同時に、僅かに飛び跳ねた。

まるでそれは暗がりに隠れるように。

煤けた緑色は、夜闇に色合いが酷似している。だから、目を凝らしても尚、その姿を一瞬だけ見失ってしまう。

だが。

「聞こえてる」

不自然な葉擦れの音が。

足音が、風が、そして――不快感を抱かせる鳴き声が。

切迫し、段々と近づいてくる音。

天を覆う闇が視界に入り込み、満足に視認する事は叶わない。だから、耳を使う。今、この瞬間に一番信用が置ける五感に全てを委ねるのだ。

「見えなくとも、聞こえてる」

きっと、この間合いだ。

胸中でそんな事を思いながら、俺は上段で棒切れを流れるような動作で、真正面に振るう。

「ぐ、ギィッ」

「当たり」

苦悶に酷く似通った声。

加えて、棒切れから伝う硬質な感覚。

ゴブリンが手にしていた棍棒と、棒切れが打ち合う事で生まれた衝撃なのだとすぐに理解する。

身長差があり、かたや俺は上段に振るっているのだ。どちらに多く負担が強いられるのか。それは火を見るより明らかであった。

ゴブリンとの距離が縮まった事で鼻をつく異臭。

ゴブリンの体臭だろう臭いに顔を顰めながら俺は、一度、後ろに飛び退く事であえて俺とゴブリンとの間に距離を作り出し、正眼に構えていた棒切れを横に傾ける。

そして、飛び退いた事で浮いてしまった足が再び地面に触れるが早いか。

バネのようにぐぐと力を込めて足を曲げ、大地を思い切り蹴り、再度肉薄を始め――――

「これ、で……ッ!!」

面抜き胴のような要領で、首筋目掛けて棒切れを俺は振り抜く。距離を取ると見せかけ、虚をつくように切迫。

無防備になっていた肢体目掛けた容赦ない一撃だった。

「カッ、ァッ……」

遅れて、呼吸器官を強く打ち付けられた事で生まれる痛苦の声。肉薄する勢いすらも利用し、打ち込んだは良いもののそれでも、倒すには至れなかったと肩越しに振り返り、倒れ伏しながら呻くゴブリンの姿を確認し、そんな感想を抱いていた。

意識を刈り取るつもりで放った一撃。

にもかかわらず、そこに至る事は現実、叶っていない。

己の力不足を否応なく肌で感じさせられ、表情に影を落とすが、それも刹那。

「悪いが、今お前に構ってる暇はないんだ」

不退転の闘志を瞳の奥に湛えた鮮紅色の瞳が、俺を射殺さんとばかりに凝視し続けていたが、のらりくらりとそれを躱し、暖簾に腕押しを体現するように相手にする事なく、再度接近を試みる。

「後から追い掛けられても面倒だから、対処させて貰うよ」

そう言って、俺は手にしていた棒切れを振り上げる。

魔法を扱えない俺が、棒切れ一つでゴブリンの息の根を止める。そんな事はいくら殴打すれば成せるか不明な上、どうしようもなく時間を食われる。

だから俺は、不屈の闘志を燃やす目の前のゴブリンを気絶させる事に決めていた。

打ち込まれた喉が苦しいのか。

未だ蹲るゴブリンに向けて回復していないうちにと、俺は棒切れを振り下ろした。

ガンっ。

石頭な頭部と棒切れが接触した事で、そんな硬質な音が鼓膜を揺らし、程なくして白目を剥いたゴブリンが完全に地へ倒れ伏す。

魔物最弱。

そんな呼び名すらあるゴブリンに対してですらこの体たらくである。容赦のない一撃を与えて尚、満足のいく結果がやってこない。

ほんの少し、本当に大丈夫なのか。

といった不安に襲われながらも、超えるべき壁が低くてどうすると己を奮い立たせ、気絶したゴブリンに背を向ける。

「は、ぁ――――ッ」

溜め込んでいた息を、緊迫感を、不安を、懸念を。

それなりに上手くいった。という結果に安堵しながら俺はその深いため息と共に感情を吐き出し、強張っていた身体を和らげる。

初めての実戦。

初めて相対した魔物。

初めて、何かに向けて棒切れを振るったという事実。

未だ消えない手の感触がそれらが事実であると肯定していた。

もし仮に、この状況を第三者が見ていたならばオーガを倒すなど天地がひっくり返っても無理だと指摘した事だろう。もしかすれば、ゴブリンを倒してみせただけでも十分だと賞賛するかもしれない。

そこが、お前の限界なのだという指摘を言外に含めて。

「……は、はは」

俺は、笑っていた。

その理由は、あまりに遠かったから。

夢に見た剣士が立っていた場所が、あまりに遠かったから。

先程ゴブリンに使った一連の動き。

それは技量でも何でもなく、あの剣士が当たり前に行っていた行為だ。寝て、起きて。

そんな行為と相違ないレベルの当たり前。

だから、俺は無理だと思わなかった。

オーガを倒す事は不可能であると到底思えなかった。

かたや、ただでさえ人間よりも戦闘に特化した身体の作りとなっている魔物。その比較的上位に位置するオーガ。

そんなオーガと俺とでは、個体としての性能の差はあまりに違いすぎる。

「なんで、だろう。どうしてか、負ける気がしない」

たかが、四年。

棒切れを振り続けた少年だけならば、恐らく天地がひっくり返ってもオーガには勝てなかっただろう。

しかし、ここに立っているのは『星斬り』を夢見た剣士の生涯を追憶した人間である。故に、オーガを倒す術すらも頭の中に存在していた。今の俺にあの剣士の絶技を再現する事は不可能だ。けれど、不完全で劣悪極まりない模倣ならば、なんとか出来る。

己が分を弁えない行為を強引に行使してしまえば、腕が、筋肉が、神経が壊死してしまうかもしれない。けれど。そんな模倣だとしても。恐らく、オーガに届く刃と化す。

それは間違いないと言い切れた。

『星斬り』に生涯を捧げた剣士の絶技。その模倣。

俺だけしか知らない修練の果てにたどり着いた到達点の一つ。それを見た人間だからこそ、断言が出来る。

決して、オーガは超えられぬ壁ではないと。

とはいえ、今の己の限界を超える事は必須条件である。

「あの剣技が負ける姿を……俺には想像が出来ないんだ」

星を斬る。

ただそれだけを求めて研鑽し続けてきた究極の絶技。

俺は、それに対して絶対の信頼を寄せていた。

「勿論怖い。俺は、オーガが怖いよ。でも、『星斬り』を目指す以上、ここで立ち止まるわけにはいかないんだ。だから、抱かせてくれた『怯え』ごと、俺の糧となれ」

これを乗り越えた先に、今とは違う新しい世界が広がっている。そんな気がしたからこそ、俺自身に向けて言い聞かせる。

「さて、と」

どうなっているのか定かでない幼馴染みの事を案じながら。

「……急ぐか」

村のすぐ側にまでゴブリンが迫っていたという事実に眉根を寄せ、駆け出した。

村の外に位置する川のほとり。

その比較的近辺に、いくつもの岩が重なり合う事で生まれた洞窟染みた場所が存在しており。

そして案の定と言うべきか。目的地へたどり着いた俺の双眸は見慣れたシルエットを夜中だというにもかかわらず、鮮明に映し出していた。

「おーい」

頭を抱え、蹲る少女——ソフィアに向けて声をかける。

心なしか、身体を震わせていた彼女に向けて。

けれど、返事はない。

なるべく周囲の音を聞きとらないように心掛けでもしているのか、両の耳を己の手で塞いでいるように見える。

「む……」

だから俺はほんの少し頭を悩ませ、掛ける言葉を変えてみる事にした。ソフィアが思わず反応してしまいそうな言葉に。

「そこの家出少女」

「いっ、家出じゃないしっ!?　……って、あれ？　ユリウス？」

「うん。ソフィアが飛び出していった原因って俺だしね。だから迎えに来た」

「迎えに来た、って……」

何気なしに俺がそう答えると、信じられないと言わんばかりに目を剝いて、

「魔物が外にいたでしょ!?　それもいっぱい！」

「いたね」

こともなげに淡々と言葉を返せば、今度はパチパチと呆気に取られたかのようにソフィアは瞼を

瞬かせた。

忙しいやつ。

言葉にこそしなかったが、ころころと表情を忙しなく変える彼女を目にし、そんな一言を感想として胸に抱いた。

「でもゴブリンなら倒せたよ。流石に殺せまではしなかったけど、気絶はさせてきたし」

「……ま、またまたあ。嘘は良くないよユリウス」

おじさん達、「狩人」の人でもそれなりにゴブリンには苦戦してるって聞くのに。

ゴブリン程度にしか遭遇しなかったからここまでたどり着けたと言う俺の言葉を冗談であると信じて疑っていないのか、次から次へと彼女の口から出てくる言葉は否定という意見を助長するものばかり。

「嘘じゃなくて、本当なんだけど……」

きょろきょろと忙しなく視線を辺りに向けながら、何かソレを証明出来るものはないかなと考え込む。

決して自慢をしたいわけではない。

ただ、今ソフィアが隠れ家としている洞。

それが外からだと丸見えになってしまっていると先程気付いたからこそ、ここから連れ出す為に証明しようとしているのだ。恐らく彼女は危ないからここで身を潜めようと試みる事だろう。しかし、外から中を視認出来るこの場所はどう考えても安全とは言い難かった。

だから、早いところこの場を後にしたい。でも無力な子供二人で逃げるくらいなら息を殺して朝まで待った方が……。という意見をきっとソフィアは口にする。それを見越していたからこそ。それを封殺する為の、証明が必要であったのだ。

そんな折。

ふと、手にしていた棒切れの先端に血痕が付着していた事に気付く。ひしゃげていた先端だからこそ、僅かながら尖った部分が存在していた。恐らく、その部分がゴブリンの皮膚を一部、食い破ったのだろう。

「あー、ほら」

そう言って俺は、血痕が滲んでいた先端をこれ見よがしにソフィアに見せつける。

赤黒く染まった薄気味悪い魔物独特の血液の色。

幸い、俺がゴブリンと戦闘を交わしたのはあの一度きり。運が良かったのだろう。他のゴブリンが襲ってくることも無く、俺はこの場所へたどり着く事が出来ていた。

「これで信じてくれた？」

尖った部分が当たらないようにと少しだけソフィアと距離を開けて突き出した棒切れの先端。

彼女は目を凝らし、付着した血痕を確認すると同時、すんすんと鼻をひくつかせた。

「え、え……本当に？　本当にユリウス、ゴブリン倒しちゃったの？　……あ、やばい、すっごい臭い。うっ、嗅ぐんじゃなかった……」

思い切り鼻をつまみ、耐えられないとばかりに棒切れに付着していた悪臭に顔を歪ませる。

「そんな、言うほど臭いかなあ」

鼻をつまんだまま身を悶えさせるソフィアを眼前に、今の今まで気付けていなかった事実を確認すべく今度は俺の鼻の付近へ先端を近づけて行く。

「うわっ、ホントだくっさ!!」

思わず身体をのけぞらせるくらいには臭いと感じる異臭がぷーんと漂っていた。

「でも、よくユリウス今の今まで無事だったね。あ、いや、何かあって欲しかったってわけじゃないよ!? ただ、魔物って血の臭いとかに敏感だって話をよく聞くから……」

魔物は血の臭いに敏感。

その話は誰もが知っているような事実内容である。

「多分、運が良かったんだと思――」

ここで、俺の思考が一時停止した。

俺の世界が、緩慢になったと言ってもいい。

この瞬間より、俺は思考の渦に囚われた。

運が、良かった。

そう片付けるにしては、少し不自然過ぎやしないか。今の今まで気にしていなかったが、可笑(おか)しくはないだろうか、と。

一度疑問を抱いたが最後。

浮かび上がる疑問の感情は際限なく湧き上がる。

あれだけ喧(やかま)しいまでに聞こえていた不快な鳴き声。

それがあの戦闘を境に聞こえなくなってはいなかっただろうか。点在していた筈のゴブリンの気配が、薄まってはいなかっただろうか。

どう、して。なんで。何故。

疑念が更なる疑念を呼び込み、背筋は粟立(あわだ)ち、喉が唐突すぎる渇きに襲われる。

『魔物って血の臭いとかに敏感だって話をよく聞くから……』

数瞬前に鼓膜を揺らしたソフィアの声が部分的にそこだけ切り取られて巻き戻された。

……血、だ。血の臭いだ。

どうしてか、俺の周囲に血の臭いが漂うようになってからゴブリンの気配は薄まった。本来ならばむしろ、濃くなりそうなものが、何故か薄く。

その、理由は。

そう考えた時。

急激な喉の渇きに襲われると同時、脳裏を過(よぎ)るワードが一つ。

「おーが」

感情の抜け落ちた声音で漸(ようや)くたどり着いた答えを声にするべく喉を震わせる。

魔物に、知性はない。理性もあるかないか曖昧だ。

ならば、魔物は何に従って生きているのか。

答えは簡単だ——本能、である。

種としての本能に従っているのだ。

強き者にこうべを垂れるのも本能。

身を引くのも、傅き、従うのも何もかもが本能によるものである。

警笛が、鳴った。

絶え間なく、ソレは脳内で鳴り響いていた。

もし。

もし、ゴブリンがいなくなっていた理由が、運が良かったのではなく、オーガが臭いにつられて俺を標的にしていたからだとしたら。

我関せずとゴブリン達が逃げていたのだとすれば。

どうしてか、足りなかったパズルのピースがカチリと嵌まり込む音が幻聴された。

「まず、いッ」

そう思い、未だ洞の中で身を縮こまらせているソフィアに背を向け、俺は慌てて背後を振り返る。

そこには、

「ガ、ァ……ァ」

鬼がいた。人間とは比べ物にならない程、強靭な身体をもった鬼、が。

つい数分前まで感じられていた筈のゴブリンなんていう小物の気配など微塵も見受けられない。

「いつの、間に――」

周囲を圧倒するような強者のオーラが場を飲み込み、焦燥感に身を焦がす。

「……いや。ずっ、と、付けてたの……か」

上位に位置する魔物は例外的に、知性を持ち得ると風の噂で聞いたことがある。

血走った目を向けてくるオーガは俺を付けていた。

どうしてか。

他に、仲間がいると踏んだから。

「……勘弁して欲しいね」

勝てる、と。

そう踏んでいたオーガのやり口に瞠目しながら、幾らかオーガに対する評価を上方修正した。

赤く肥大化した筋肉。長さは俺の身長よりもあるだろう錆びた大剣。何より、下卑た笑みを浮かべていたゴブリンとは異なり、オーガに俺を侮るという気はこれっぽっちも感じられない。

「ソフィア」

まだ、オーガが様子見をしている段階だと判断したからこそ、俺は自身と同様にオーガの姿を目にして息をのんでいた幼馴染みの名を呼んだ。

恐らく、オーガという嵐に巻き込まれないよう、ゴブリン達はここよりもずっと離れた場所に避難している筈だ。だから。

「今なら多分、ゴブリンはいない。だから、逃げろ」

「ユッ、ユリウスは!?」

俺達人間の言葉をオーガは理解出来ない。

けれど、何となく本能で察したのかもしれない。

「逃げろ」という言葉の意味を。それ、故にだろう。様子を見ていた筈のオーガが突然、猛り叫ぶ。

「俺、は？」

何をするかなんて事は既に決めてからここへやって来た。

「そんな事、決まってる」

錆びて尚、存在感をこれでもかと示す大剣と比べ、軽く、そして短い俺の手にする棒切れのこの頼りの無さ。

己の置かれたこの状況下に、堪らず笑みがもれた。

「少し、対面が早すぎる気もするが、まあいいよ」

遅過ぎる事はあっても、物事に早過ぎるは存在し得ない。そう自分に言い聞かせ、威嚇でもするように唸るオーガとソフィアに向けて告げる。

「なんにせよ、ここでオーガとやり合う人間が必要でしょ？　なぁに、『星斬り』を志す者がこんなところで負けはしないよ。負けは、ね」

「で、でも――」

それでもと引き下がろうとしないソフィアであったが、人間というオーガにとっての獲物を「逃がそう」とする俺をオーガが放置してくれるか。

律儀に待ってくれるか。それは、否である。

「ガ――」

パカリと口が開き、鋭利に尖った牙のような犬歯が顔を覗かせ
「ガアアアアァァァァアアッッ!!!!」

夜闇を切り裂く叫び声が、容赦なく蹂躙する――――。

感情に身を任せ、叫び散らすその姿は理性を棄てた禽獣か、狂犬か。いずれにせよ、そこに勝ち目が潜んでいるのではと考える。だが、しかし。

「――――――」

突然止む叫び声。そして訪れる一瞬の静寂。

思わず抱いてしまった勝機。余裕。

その油断が、即座に俺へと牙を剝く。

錆びた巨大な剣が、気付けば俺の目の前にあった。時間が、止まる。

まるで何倍にも引き延ばされたかのような、そんな錯覚を抱いた。

世界から己だけ切り離されたかのような奇妙な感覚に、陥った。

(は、や……)

心情を言葉に変える余裕すらもなく、切迫する鋭利な凶刃。ここから取れる行動は、限られている。迫る大剣は、首を目掛けた横薙ぎの軌道。ならば、身体をそらすか、手にしている棒切れで迫る大剣の軌道を強引に変えるかのどちらか。

「は、あ――――ッ」

思い切り、息を溜め込んでから全身に力を込める。考える時間は用意されてはいない。なればこ

そ、己の感覚に全てを委ねるという選択肢しか選びようがない。

だから、俺は。

強引に、身体をのけぞらせる。

それは頭の中で結論を出すよりも数瞬も早く行動に移されていた。

そして、緩慢となっていた時間は再び動き始め、俺の顔の真上をブォンッと激しい風切り音が剣風となって大剣と共に通り過ぎる。

「こ、の――ッ!!」

そのまま俺は右手を地面につけ、攻撃を避けた勢いを利用してくるりと身体を捻り――

「お返し、だッッ!!!」

下方からの回し蹴りを水月目掛け、狙い過たず蹴り込む。だが、

「ガァ……?」

蚊でも止まったかと言わんばかりの表情を向けてくる。この一撃はオーガに僅かな痛痒すら与えていない。それを嘲笑を孕んだ声で察し、蹴りでは決定打に欠けると即座に判断した俺は慌てて大地を蹴って飛び退き、距離を取る。

「……い、や、これは、辛いね……」

水月――鳩尾を脚撃にて穿ったというにもかかわらず、呼吸に苦しむ素振りすら見せない。

足から伝う感覚は大きな岩でも蹴り付けたかのような、そんな感覚だった。

本当に、ノーダメージなのだろう。期待外れの結果に辟易しつつ、俺は溜め込んだ息を吐き出し

ながら荒い呼吸を繰り返す。

そこに、普段の余裕めいた表情なぞ、欠片（かけら）すら存在出来る筈もなくて。表情には、無理矢理張り付けたような笑みが、一つだけ。

「でも、まあいいよ」

愉悦か。歓喜か。

口元を三日月に歪めるオーガの焦点は俺に狙いを定めて離さない。耽溺しているであろうこの状況。ひとまず、ソフィアが逃げるには御誂え向きの状態が整った。

何より、ソフィアの存在が気掛かりとなって胸の内に存在している。先程油断した理由に彼女を使うわけではないが、それでもこの場にはいて欲しくなかった。

「ソフィア」

視線はオーガの姿を射抜いたまま、俺は言葉を紡ぐ。

「な、なに……？」

「村に、冒険者がいる。村長が呼んでくれた冒険者。ちょっと、その人達呼んできてくれない？」

「えっ」

「それまでしぶとく粘っとくからさ。頼むよ」

これは、嘘だ。

冒険者を呼んできて欲しいという言葉は、彼女をこの場から立ち去らせようとする方便でしかない。だが、おそらくこの言葉が何よりも効果的であると断言出来た。だから、平気で俺はそんな嘘をつく。

それに、あの冒険者は動く事を良しとしないだろう。この夜闇が晴れるまでは、決して。だから、説得しようと試みるソフィアはいつまでも村に拘束される羽目になる。これで舞台は整う。俺と、オーガだけの。

二人だけの舞台が。

じっと見詰める俺の瞳は決して揺らがない。

そこに、不退転の決意があると感じ取ったのか。

「分がっ、た」

自分がここでただ無力に身を潜めているくらいならば、村にいるであろう冒険者を呼ぶべきだと判断したのだろう。己の安易な考えによる行動を自責した結果か。

涙ぐみながらソフィアはそれだけを告げて村の方向へと駆け出した。

「良かったのかよ」

段々と遠ざかって行くソフィアの背中を見詰めながら俺はオーガに問うた。

先程は虚をつくように剣を振るってきた者がどうしてか、今度は律儀にソフィアが去るのを待っていた。

だから、問う。

「『……モンダイ、ナイ』」

腹の底から出たずしんと重く響く声。

「『オマエヲ、ゴロジタアトニ、ゴロゼバイイ』」

たどたどしいながらも、それはまごう事なき言葉であった。魔物が人間の言葉を口にした。その事実に驚愕するも、そんな事は今からやり合う事を考えればなんと瑣末な事か。

「そっか」

口は愉し気に歪んでおり、目の前のオーガが俺には、心底戦いを楽しもうとする獰猛でおぞましい猛獣に見えていた。

きっと、戦うことが好きなのだ。

あの一振りで、それなりに戦える人間であるとオーガに判断されたからこそ、俺の懸念であったソフィアを逃がしてくれたのか。

はたまた、ただの慢心なのか。

その答えは分からない。

けれど、その答えを分かろうと分かるまいとこの窮状が改善される事はない。

だから、その疑念を彼方へと追いやる事にした。

「折角だ。名乗ってやるから聞いとけよ。お前、そういうの絶対好きでしょ？　昔、村に来た騎士が言ってたんだ。戦の作法ってやつだったかな」

……俺はそう、宣う。

言葉を理解出来るのならと、そんな事を口走り、油断を誘おうと試みる。

大した力もない俺はこうでもして微かな油断でも誘わなければ勝機はないから。

たった一撃。

その一撃を、叩き込めるだけの隙を作る為に。

「俺は、ユリウス。あの『剣鬼』の意志を継ぐもの。未来の〝星斬り〟だよ」

「『ナナジ』」

変な部分に濁音がついたが、恐らく「名無し」と言いたかったのだろう。

俺はそう判断し、手に力を込める。

馬鹿正直に俺の言葉に耳を傾けていたオーガを焦点にあてて離さない。

恐らくは慢心。

たとえ会話に多少興じたところでこの現状に一切の変わりはないと信じて疑わなかったオーガの唯一の隙。

チャンスは、一回。

きっと、これを逃せば絶好の機会は二度と訪れはしない。……何より、多分これは俺如きの力では一度しか放てはしない。

「お前の全てを、喰らわせてもらうよ。強さも、誇りも、糧も全て!!!」

身体が軋む音が、鳴る。

辿れ、なぞれ、模倣しろ。俺の行く先は見えている。

目指す先は頭へ深く刻み込まれている。

最適解は常に用意されている。

唾棄すべき劣悪な模倣。けれど、こんな劣悪ですら、きっと届くのだ。目の前のオーガ(ツワモノ)に。

一瞬の意識の間隙を突いて、俺は踏み込んだ。

恐らく、次は存在し得ない。

だから俺は、この一撃。

確実に突けるこの刹那に全てを賭けた。

最も、確殺に至れるであろうこのタイミングに。

「斬り裂けよ――――」

ブチリ、と何かが断裂する音が聞こえた。

ビキリ、と何かが軋む音が聞こえた。

バキリ、と何かが毀(こわ)れる音が、聞こえた。

しかし、止まらない。

振るう腕は、踏み込んだ足は、引き下がらない。何故ならば。そのわけは。その理由は。

この絶技を今の俺が扱うには相応の代償が求められる事を予(あらかじ)め理解していたから。そして、この技を扱う以外に勝ちの目はあり得ないと本能で分かってしまっていたから。だから。

「――――〝流れ星〟」

この一撃で決めると。

分を弁えない技に魅入られながら、俺は繰り出した。

『星斬り』を夢見た剣士の、研鑽の果てにたどり着いた技を。その、模倣を。

五話

薄明かりに照らされる一軒家。

暗闇に慣れてしまっていたからか、目に優しい暖色の光でも尚、思わず目を細めて顔を顰めてしまう。けれど、それに構わず走る。

彼女は走って、走って、走って――――駆け走って。

言われた通り、冒険者がもし本当にいるのならば。あの言葉がその場しのぎの嘘でないならば、きっと――――。

そんな渇望を胸に、彼女は。

ソフィアは、乱暴に扉を押し開けた。

「は、ぁ――――」

中腰になりながら、膝に手を置き、切れた息をゆっくり空気を貪る事で整えつつソフィアは部屋の中を見回した。

中には、見慣れた人物が数人と見慣れない格好をした者が五人程。

――冒険者だ。

それをソフィアは相手側に確認するまでもなく、断定した。そして、ガバッと勢いよく頭を下げる。

「助けては、頂けませんかッ!!!」

夜中にもかかわらず、他の事など御構い無しに彼女はそう声を張り上げた。

「ソフィア、お前今の今までどこにいたんだ……人がどれだけ心配していたと思って」

鬼気迫る様子のソフィアに対し、いの一番に話しかけたのは彼女の父親であり、村長でもあるアレクだった。

けれど、そんな事は知らないと言わんばかりにソフィアは取り合う素振りを一切見せない。

ただ、ただ、見慣れない者達に頭を下げ続ける。

「……嬢ちゃん。そりゃ、どういう意味だ？」

「時間が、ないんですッ。早くしないと、ユリウスが……」

ユリウス。

そのワードが出た途端、即座に扉の外へ向かう者がいた。

言わずもがな、ユリウスの父である。

「あれ程忠告しただろうがあんの、バカ息子がッ」

視線の先。

そこにはユリウスの家が映されており、淀みない歩調で駆け足気味に彼は飛び出した。

「……どういう事か説明しなさいソフィア」

怒りを孕んだ口調で、静かにアレクが言う。

唯一、ユリウスの父親だけが事態を大凡(おおよそ)理解していたようだが、それ以外の者はアレクを含め、どういう事なのか。

その答えに至る事は叶っていなかった。

「ユリウスが、あたしを、庇って……」

これは己の考えなしの行動が招いた結果。

故に、ソフィアは自責に苛まれながら、言葉を一つ一つ紡いで行く。どうか、助けに向かってくれませんか。という想いを込めて、涙の如く感情のこもった言葉をこぼす。

「ユリウスが、あたしを助けにきてくれたの。でも、そのあと、大きな魔物が、きて……」

「……大きな魔物？」

怪訝そうに尋ねるのは冒険者の男。

ユリウスが聞き耳を立てていた際にアレクと言い合っていた男性だ。

「あたしやユリウスよりもずっと、ずっと大きくて……。ユリウスは、オーガって言ってた」

ソフィアはあの時は怯えていたが為にまともに視認出来ていなかった。だから、ユリウスが口にしていた言葉通りに彼女は伝える。

しかし、それを伝えた途端、目に見えて冒険者達の顔が厳しいものへと移り変わっていた。

「今、オーガと言ったか？　嬢ちゃん」

「い、言いました、けど……」

「なら、希望は捨てておけ」

そう言って、男は近くに設えられていた椅子にどかっと腰掛ける。それは、行かないと。

助けに向かわないと口にしていると同義の行動であった。

「この暗闇の中、オーガを相手取るなんざ、恐らくオレら五人でも間違いなく死傷者が出る上、勝てるかどうかすら分からねえ。ましてや村人一人。嬢ちゃんをこうして逃した時点でそいつは良くやったよ。上等過ぎる働きだ」

もとより。

「一応言っておくが、たとえ状況が異なっていたとしても、オレらは魔物に有利に働くこの時間帯で動く気は無かった。ましてや、死人を迎えに行く事になんの意味があるよ。ねえだろ？　つまり、そういう事だ」

「ユリウスを、助けてはくれないんですか」

「骨を拾う行為を助けるとは言わねえ」

恐らく、既に死んでいるか。

運良く生き延びていたとしても風前の灯火だろう。冒険者の男は、これまでの経験からそう確信していた。

「だから、諦めな嬢ちゃん。とはいえ、夜が明ければオレらも動く。それは約束しよう」

今から夜が明けるまで。

約7時間。とてもじゃないが、あのオーガ（バケモノ）相手に逃げきれるとはソフィア自身も思えなかった。

「……それじゃ、遅いんです」

「それは嬢ちゃんの事情だ。オレらが知った事じゃね――」

「待って」

各々が意見を固持し、平行線で話が進まないと思われた最中。会話に割り込む声が一つ。

「ねえ、貴女（あなた）。その助けてくれた人って……アッシュグレーの髪をした男の子かしら？」

声の主は、女性だった。

「あ、は、はい。ユリウスはアッシュグレーの髪ですけど……」

「あー、やっぱりあの子だったんだ」

「知り合いか？」

「いいえ？　ちょっと前にすれ違った時、言葉を二、三交わしただけの仲。でも、そう。あの子が……」

そう言葉をもらしながら、冒険者の女性は足を動かす。向かう先は――外に続く扉。

「……何処へ行くつもりだ」

威圧を込めてか、何処と無く先程までとは異なり、低い声で男は問う。

「だって、気分悪いじゃない？　私の役目は村の人間を外に出さないように警戒する事だった。でも、そんな私は自分ですら気付かぬうちに外へ送り出してしまっていた。それも、10歳かそこらの男の子を」

「自分の意思で勝手に出て行ったやつだ。お前が責任を感じる必要はないだろうが」

「ええ。そうね。でも、少し気になるの」

「気になるだぁ？」

どこか楽しそうに、女性はつい先程とも言える出来事を思い出しながら己が考えを言葉に変える。

「そうよ。何となく、ではあるのだけれどね」

言葉にし難い何か。

彼女が感じている正体はそういった類のモノなのだろう。

「それに、何かの拍子でオーガが弱ってくれれば回復される前に叩いた方が良いでしょう？　村の付近にくるまで待機しておくくらいなら建設的だと思うわよ？」

「お前は、そのガキがオーガを弱らせる程の実力者だと？」

「そんな事、知ってるわけがないでしょう？　だけど、物事は何が起こるか分からない。そうでしょう？」

彼女は椅子に腰掛ける男性だけではなく、ずっと無言を貫いていた他のメンバーへ意見を求めるように視線を向けた。

否定の言葉どころか、声すら上がらない。

沈黙は――――是である。

「決まり、ね」

「……だが、オレらは助けに向かうわけじゃねえぞ。それは、忘れるな」

「勿論。でも、面白いことが起こってそう」

そう言って彼女は腰付近に手を当てた。

次いで、下げていた剣の柄（つか）に手をやる。

「私の剣士としての勘が、無性に働くのよ。ほんと、どうしてなのかしらね」

「……どうして、貴女は助けに向かおうとしてくれるんですか」

向かう最中。

道中にて、ソフィアは隣で並んで歩く女性に対してそう問いかける。

あの時あの瞬間。冒険者が集まっていたあの場にいたからこそ、彼女は否定的な意見で押し通されかけていた事を知悉（ちしつ）していた。だから不思議に思い、疑念を抱く。

どうして貴女だけ、ユリウスを助けようとしてくれたのか、と。

「……そう、ねえ。簡潔に言い表すとすれば、その理由は間違いなく、勘ね」

「勘、ですか」

「そう。勘。剣士としての勘が、向かった方が良いって忙しなく訴えかけてくるの。だから、私は気になった。だから、私は向かおうと思った」

決して、助けるとは言わない。

彼女自身も、終始向かう事に否定的だった男の意見が何より正しい事を知っている。けれど、気になった。だからそれを知っていて尚、向かうのだ。脳裏に渦巻く疑念を晴らさんが為に。

「まあでも、これも何かの縁なんでしょうね。手の届く範囲にいると判断すればちゃんと助けてあげるから安心なさい」

きっと、他のメンバーも私と同じ考えの筈よ。

そう言って彼女は渋々といった様子で追従する四人の冒険者へ視線を移しながら軽く顎をしゃくった。

「ま、あいつは希望を持つなと言ったけれど、いの一番に貴女を逃したのならば、彼は先の見えない愚か者というわけではないでしょうし……」

自分は強いと思い込んだ身の程知らずならば、守り切れると考える筈。けれど、彼は何よりも先に彼女を逃した。

それらの行動から察するに、少なくとも思い上がった先の見えていない愚か者では無いのだろう。

彼女は沈痛な面持ちを崩さないソフィアを横目に冷静に分析を続けていた。

「生存している可能性はまだ十分に――――」

ある、と。

当初、彼女はそう言葉を紡ごうとしていた。

けれど、現実彼女は発言を止めてしまった。否、止まってしまったと言い表した方が適切か。

言葉を思わず失ってしまったと言っても良い。

「……おい。リレア」

後ろから付いてきていた冒険者の男もその違和感に気付いたのか。慌てた様子で駆け寄り、女性冒険者────リレアの名を呼び、確認を取る。

「……ええ。私にも聞こえてる。剣士である私がこの音を聞き間違える筈はないわ」

この音。

どこからか響くとある音に彼女らは反応したのだとソフィアは会話の内容から理解するも、なんの音なのかが彼女は分かっていない。

「あの、音って────」

「ねえ。ソフィアちゃん、だったわよね？」

疑問を解消するべく尋ねるも、それを遮るようにリレアも同様に問い掛ける。

「あ、はい。そうですけど……」

「この村に、剣士はいるのかしら？ ……それも、腕に覚えがあるであろう剣士」

『剣士』

その言葉を耳にした時、ソフィアの脳裏に一人の少年の姿が浮かび上がる。

『────俺は、星を斬りたいんだよ』

口癖のようにそればかり口にし、村中のみんなに呆れられていた一人の少年の姿が。

村に腕に覚えのある「剣士」どころか、そもそも武器を扱える人間すら片手で事足りる程だ。

「剣士」と限定されたならば、村には一人としていなかった。……だが。

「剣士」に憧れている者ならばいた。

唯一、『星斬り』に憧れている少年が一人だけ、いた。

「……いません。でも、村に一人だけ「剣士」に憧れているバカがいます」

憧れている。

それはつまり、「剣士」ではないという事。

ソフィアが並べる言葉は、リレアの問いに沿う答えではなかった。にもかかわらず、リレアは黙って聞き入っていた。やはりそうだったのかと言わんばかりの笑みを浮かべて、揚々と頷いていた。

「……そう。やっぱり、私の勘はよく当たるわ。道理で妙に手が疼くと思った。……あの子、剣士だったのね」

リレアはソフィアから視線を外し、駆け寄ってきていた男性に再び焦点を当てる。

「ロウ!! これで死んでるだなんて、口が裂けても言わないわよね?」

「……まだそいつと決まったわけじゃねえ。それにオレは夜中は動かねえってあれほど言って――――」

「四の五の言ってんじゃないわよ。とっとと付いてきなさい」

「いッ!? お、おい!! くそ、髪引っ張んじゃねえ!!!」

むんずと髪を掴まれ、無理矢理に引っ張られながら男――――ロウは痛みに相貌を歪ませ、片足でたたらを踏んだ。

「ちょっと私達はユリウス、君だっけ? その子、迎えに行ってくるから後よろしくね?」

呆れた様子で一連のやり取りを眺めていた他三人の冒険者は、リレアが口にしたよろしくねの意味。つまり、ソフィアの事を押し付けて早足で先へ駆けて行く彼女を眺めながら、深いため息を吐いた。

常に面白い出来事を求めている気分屋であり、好奇心旺盛すぎる剣士。

あいつはああいうやつなんだとゆったりとした足取りで歩み寄る残された三人の冒険者は、どういう事なのだと呆然としていたソフィアに向けて、弁明をしていた。

悲鳴の如く鳴り止まぬ金属音。

虚しい鉄の音が、夜の静寂をどこからか斬り裂き続けていた。時折、耳朶を叩く葉擦れの音など歯牙にもかけず、それは淡々と、作業のように途切れる事なく響き続ける。

「……こんな夜中にここまで暴れるとは」

残された冒険者のうちの、その一人。

切れ長の目の痩躯の男が、呆れ混じりに言葉を紡ぎ始める。

金属同士が削り合う音は絶えず、夜の森に轟いていた。ただ、ただ、歪んでいく音だけがその瞬間、その瞬間に取り残されている。次、次、次。

終わりの見えない打ち合う音は、淡々とひたすら続く。

「ほんと――」

これがもし仮に、殺し合いの中で生まれている衝突音だとして。この音を生んだ張本人達は一体、どれほど苛烈な攻防を、斬り合いを繰り広げているのだろうか。

少なくとも、どちらも常人ではないのだろう事は想像に難くない。

「はた迷惑な化け物がいたものです」

半ば諦めたかのような面持ちで、辟易を隠す素振りもせずに男はそう言葉を吐き捨てた。

六話

夜の空から皎皎とした星の輝きと、月光が降り注ぎ、その場を薄く照らしていた。

それらが映す景色は、現実離れした光景。

凄惨に抉れ、面影を感じさせないまでにズタズタに斬り裂かれた灰色の景色だった。

ざぁっと風吹く。

まるで作られたかのような不自然な風。

それが、駆けていた二人の冒険者——リレアとロウに向かって吹いていた。

「……おいおい。冗談、キツイだろ、これは」

僅かな光だけが頼りの暗闇の世界。

何が行われているのかを視認してしまったロウの声は震えていた。信じられないとばかりに目を剝いていた。

「流石に」

映された世界。

そこに存在していたものは、見るものの誰もがギョッとしてしまうほどの血、血、血……加えて、肉塊。かつては腕だったであろう丸太のようなソレが大地に捨て置かれていた。鉄錆の臭いがそこに混じり、酸鼻な光景を生み出している。

「なんの冗談だこれはよ……」

思わずそんな言葉を口にしてしまったロウの視界には、力なくだらりと右の腕を垂らす幽鬼のような少年と。片腕を失ったオーガが一体。

お互いがお互いしか見ていないからか、やってきたロウやリレアに意識を向ける素振りは一度として行われない。

息遣いの音と、剣撃の余波だけが響く。

吠える元気も、軽口を叩く余裕も存在していない。それを誰よりも理解しているからこそ、限界まで圧搾された敵意が辺りに染み渡る。身の毛がよだつ程の圧が、容赦なく襲ってきていた。

けれど。

「…………」

瞠目していたロウとは対照的に、リレアは静かであった。不気味なまでに静寂だった。

本来ならば、薄気味悪さを感じてしまうだろうが、ロウはリレアの本質を誰よりもよく理解している。故に、納得してしまった。

彼女は。リレアは剣の求道者だ。

愚直なまでに剣を愛している。いや、剣に生を捧げていると言ってもいい。だから、きっと、目の前に広がる光景を記憶に深く焼き付けようとしているのだろう。喋ることに割く労力など、ありはしないと。口を真一文字に結ぶ彼女の様子は、そう言っているようにすら見えてしまう。

そして、そんな感想を抱いている間にまた響く。激烈なまでの剣撃の音が。

また、轟き始めた――。

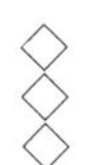

時は、少しばかり遡る。

（確実に、折れてるなあ……ッ、これ、はッ）

力なく垂れ下がる己の右腕を見詰めながら、苦悶に表情を歪めて忌々し気に胸中で俺はそう呻いた。

――流れ星。

万物全てを斬り裂く為だけに磨き上げられた必殺の一撃。一瞬の間隙を突いて繰り出したソレによって生み出される威力は、推して知るべし。

扱った得物がただの棒切れにもかかわらず、

「ガ、アッ……！」

オーガの右の腕を、両断していた。

断面は今も尚、顔をのぞかせており、目を怒らせ、憤怒を乗せた呻き声を血を吐くように吐き出していた。

『流れ星』による負荷により、至るところで筋肉断裂が起こり、最も負荷を強いられていた右の腕は完全に折れてしまっている。本来ならばあの一撃で勝敗を決するつもりだった。

にもかかわらず、オーガは生まれ持った生存本能を働かせたのか首筋に触れる寸前に首をそらしていた。そのせいで、袈裟懸けに振るったソレは右の腕のみを斬り裂き、両断に至っていた。

痛みは伴うものの、左腕と両足はなんとか動かせる。右腕と全身への相応の負担と引き換えに、オーガの右腕を斬り飛ばせたのだ。俺以外の者であれば誰もが大金星と賞賛しただろうが、身体の負担を度外視してまで放った必殺を期した一撃は、結果的に躱されてしまっている。

だからこそ、俺は顔を顰めざるを得なかった。

「……でも。あれで終わっちゃったら拍子抜けも良いところだよ。超える壁がそんな容易であって堪るものか。ああ、うん。ならこのくらいでないと」

けれど、すぐ様顰められていた表情は笑みへと変わり行く。己に言い聞かせるように言葉を並べ、気丈に振る舞う。痛みに悶えたい気持ちを必死に抑え、まるで何事もなかったかのようにジワリと脂汗だけを額に浮かべ、こともなげに述べ、威勢よく叫ぶのだ。

「このくらいじゃないと張り合いが出ないよ、ねえッ!?」

受けに回ってしまえばまず間違いなく俺はオーガに勝てない。ただでさえ力の差は歴然だというのに、先程の『流れ星』のせいで自傷し、身体は満身創痍に限りなく近い。

あの巨軀から繰り出される一撃をこの身に受けたその時、俺の敗北が決定づけられる。

なればこそ、攻め続けるしかなかった。間断のない攻めで活路を見出さなければならないのだ。

故に俺は大地を蹴り、背後に土を散らしながらオーガに向かって肉薄する。

手首の力だけで振るっても、オーガに対しては痛痒ですら与えられない。身体を、全身を十全に使わなければ決定打にはなり得ない。だから俺は、ぎぎぎ、と伸び切ったバネでも曲げるかのように身体を捻らせ、

「ッ、あああぁあああぁァァア!!!」

先(さつき)の『流れ星』で、俺を油断ならない相手と判断したのか、待ちの構えを貫いていたオーガに向けて、叫び散らしながら俺は裏拳でも繰り出すかのように棒切れを振るう。

そして、金属音と共に散る火花。

振り下ろされた鉄錆びた大剣と重なり合い、掛けられた力の負荷に耐え切れずひしゃげてしまう棒切れ。しかし、辛うじて棒切れの面影は残っている。まだ、使える。

仕掛けた一撃が防がれたと判断するや否や、ひしゃげてしまった棒切れを即座に逆手持ちに変え、頭部目掛けて突き刺そうと試みる。けれど。

「ぁ、がッ……ぐっ!?」

蹴りが、入っていた。

腹部へ、鋭い脚撃が入り込んでいた。

ソレに気付いたのは既にメキリと肋骨(あばらぼね)が悲鳴を上げてから。もうどうやっても避けようがない状況下に置かれてからであった。まともな防御も取れていないからか、そのダメージの大きさは計り

知れない。

しかし、ただでやられてやる程俺も甘くない。

だから、手にしていたひしゃげた棒切れ。歪んでしまった影響で、鋭利に尖ってしまったソレを俺は、

「……とんっ、でけ――ッッ!!!」

咄嗟(とっさ)に引き絞った左手で、思い切り投擲(とうてき)をした。

「ガアアアッッ!!?」

頭部に刺さり、屈強な身体を持つオーガですら悶える容赦ない痛撃。己のカウンターが決まった事に安堵しながら、

「か、はっ……!!」

血反吐(ちへど)を吐き散らし、勢いよく蹴り飛ばされ、後方に数多く生えていた木の幹の一つに激突。地鳴りのような音が衝突の余波として聞こえてくる。

(意識、が……)

声すらも出す余裕が無かった。

一瞬でも気を抜けば、意識を持っていかれそうだった。でも、意識を手放せば全てが終わってしまう。だから、だから――――!!

木の幹に衝突し、地面に倒れ伏していた俺は歯を食いしばり、指先を大地に突き立ててどうにか立ち上がろうとする。痛みを生じさせてでも無理矢理に意識を掴み置こうとした結果か、じわりと

口内に広がる鉄の味。

口端からツゥ、と血が垂れ出ていた。

右手は動かない。身体も鉛のように重い。

まるで自分の身体ではないようだった。

でも、それでもと、地面に落としていた視線を上げる。

「————!!!」

棒切れは刺さったまま。

その状態で切迫する一つの影。

俺にトドメをささんと肉薄するオーガを俺の視界が捉えていた。

時間に余裕なぞ存在しない。

足を止めれば止めるだけ、死神の鎌は俺の首筋に近づいてくる。もう既に薄皮はその鎌に触れてしまっている。そんな窮状に陥っていた。

「ま、っ、ずいッ」

脳に伝達される痛覚情報なぞ捨て置け。

気にしてる余裕などありはしない。痛みに足を止めてしまえば待つのは死のみだぞと言い聞かせ、俺はがむしゃらに身体を真横に投げ出した。

ザクリ。

振り下ろされた大剣が直前まで俺が倒れ伏していた場所に突き刺さり、小さく砂煙が巻き上がる。

一度目は、なんとか避けられた。

だけど、二度目は。

やってくるであろう追撃を避けなければならないと頭では理解しているのに身体が動いてくれない。じんと染み渡る痛み。

先程の脚撃。加えて、衝突した際の衝撃。

それらの痛みにより、身体が麻痺してしまっているのだ。そう、分かってしまった。きっと、先程は火事場の馬鹿力というやつなんだろう。だから二度目は、ない。

「『オワ、リダ』」

たどたどしい言葉が聞こえてきた。

地面に刺さった大剣が浮き上がり、横薙ぎに言葉と共に振るわれる。轟(ごう)と吹く剣風を巻き込みながらそれは、狙い過たず俺を捉えていた。

眼前にやってくる錆びた大剣。

斬り裂かれる直前、どうしてか俺の中の時間が止まった。確実に息の根を止める。その一心で振るわれたであろうひと薙ぎの速度はこの戦闘一番のものだった。

勝つ為に足りないものは何だっただろうか。

迫る刃を見詰めながら、そんな走馬灯のような感覚に陥り、考え事をしてしまった。

足りなかったのは技量だ。経験だ。体力だ。

そう自問自答を始めるが、……何故か釈然としなかった。

ワケはなんだろうか。

決まっている。そんな事は、誰かに指摘されるまでもなく分かっている。

何故ならば俺の視線は、ずっとオーガに突き刺さった棒切れに向いていたから。

叶うならば剣で対峙してみたかった。

そんな想いが根底に据えられていた。

気力も、経験も、技量も、体力も。

何もかもが俺には欠落していた。けれど、それは大した問題ではなかった。

剣士として、聳え立つ壁を越えようと試みていた筈が剣士として欠かせない剣（タマシイ）を手にしていなかったのだから。これ以上に足りないものはあるだろうか。

でも、それは仕方がないじゃないか。

剣はどこにもないのだからと。言い訳をする俺に誰かが苦言を呈す。

どこにもないから？

ならば足りないものを補うようにどこからか持ってくれば良い。それでも駄目？　ならば。

——造ってみせろよ。何の為の、魔法だ。

何故かそんな、声が聞こえた。

俺が、魔法。

それは青天の霹靂だった。

人は誰しも魔法を扱う事が出来る。けれど、大半の人間は己の才に気付かぬまま、魔法を扱う事は出来ないと勘違いを起こしたまま生を終えてしまう。

大半の人間にはキッカケが、足りないのだ。

魔法を扱えるようになる為のキッカケが。

思い込んでいた。

俺には魔法の才能がないのだと思い込んでいた。だが、身に覚えのない声は俺に造れと言う。根拠も確証も何もなかった。でも、声は造れと言った。つまり、造れるのだろう。これが、俺に与えられた機会なのだ。

（は、はは……）

乾いた笑いが出た。

出来る出来ないの問題ではない。ここで出来なければ死んでしまう。ただそれだけ。

俺に選択肢などハナから存在していないのだ。

ならば。

（やって、やるよ……）

技では勝っていた。

負けていたのは俺自身。

ハラは決まった。

途端、時は緩慢に動き始める。

辛うじて動く左の手。

無手であった筈がどうしてか発光していた。

粒子が集まって行き、それが重なり合う事でカタチを形成する。細長の鋭利な、何かを。

求めていたのは一振りの剣。

斬る事だけに特化した無骨な剣だ。

そう。丁度――

「は、っ、ははは っ」

ガキンッと金属同士の衝突が鼓膜を殴り、ビリビリと震える大気に火花をこぼす。

後方へ力で押しやられながらも、横薙ぎに振るわれた一撃は防ぎきった。その安堵と、初めて手にしたにもかかわらず、よく手に馴染む剣(それ)を見て俺は笑みをこぼした。

俺が求めていたモノ。

それは今、俺が手にしているような――月光を反射する白銀の剣身をもったひと振りの剣であった。

「本当に造、れた……っ」

己の手の内に収まっている無骨な剣を見やり、感触を確かめながら自分が成した事ながら俺は驚愕を隠せなかった。しかし、この窮状に大した変化はない。剣を手にしたというだけで、この状況を打破出来たわけではないからだ。所詮数秒程度、俺の寿命が延びたという違いでしかないからだ。

満身創痍は変わらず、オーガ自身も驚きはしたのだろうが、手を止める程ではないようで後方へ押しやられていた俺に向かって再度肉薄を始めていた。全身を筆舌に尽くし難い鈍痛が覆う。最早、立つ事も。剣を振るうという行為にすら痛みは伴う事だろう。

けれど、それがどうした。

視界が霞む程の痛獄。

だが――――それがどうしたよ。

と、俺は己に言い聞かせ続ける。

それは足を止める程か。

それは『星斬り』を捨ててまで優先しなければならない事なのか。俺にとって『星斬り』はそんなに安いものだったのかと胸中で叫び散らし、己を奮い立たせる。

立てよ。動けよ。

痙攣（けいれん）を起こす手足にそう命じても、反応は薄い。オーガは目の前にまで迫っている。先程は俺が無手であったからと直線的過ぎる剣撃を選択したのだろうが、今度はきっとそうはならない。

「は、ぁ――――っ」

思考は常に痛みという感情が付き纏い、埋め尽くす。唇を歯で強く噛み締めながら歯を食いしばろうともその状況は一向に改善される事はない。

空気を取り込み、腹に力を込めようともそれは変わらなかった。でも。それでも、諦められないのだ。

どこまでも無様に足掻いてでも『生』を掴み取らなければならなかった。
全ては――『星斬り』を成さんが為に。

『私は、最強を証明したいんだ』

それは、剣士の言葉。

『星斬り』を目指した剣士の言葉であった。

『私の剣が最強であったと、証明をしたいのだ』

これは記憶のカケラ。

俺がかつて体験し、追憶した記憶の一部。

『星斬り』を指針とし、目指した剣士の根幹であった。

その場に居合わせていた一人の男性は問うた。

どうして証明をしたいのか、と。

『私の剣が最強であったと、是が非でも伝えたいヤツがいたからだ。最強であると信じてくれていたヤツが、いたからだ』

逡巡なく彼は答える。

付き合いの長い人間でも気付けたか分からない程度の、ほんの少しの寂寥感を言葉に乗せて。

『なあ……お前は、知っているか。人は死ぬと星になるという根も葉もない法螺話を』

人は死ぬと星になるという。

誰もが口々にかく語るのだ。

人は死ぬと星になるのだと。

男は答えた。

勿論、聞いたことがあると。

星は空に無限に存在している。強ち間違いではないんじゃないか。男はそう言った。

『私も、そう思う。強ち間違いではないのでは、とな』

空を仰ぐ。

ちょうど、陽は落ちて星が薄(うっす)らと見え始める時間帯であった。

『……誰もが最強であると認める行為は何だろうか。死んで逝った者達ですら認める最強とは。誰もが認める最強になる為には、どうすれば良いのだろうか』

言葉は続く。

空に浮かぶ星に焦点を当てて離さない剣士は、少しだけ自虐を込めて、言うのだ。

『そう考えた時。私は、一つの答えにたどり着いた』

それが、『星斬り』だと？

男は呆れ混じりに言葉を返す。

『ああ。そうだとも。私の剣が最強である事を証明する上で、「星斬り」は何より都合が良かった』

へぇ。つまり、星になっちまったヤツに、お前の剣を伝えたいから、か……。だが、解せねえな。どうしてそこまで最強にこだわるよ？　そんな事をせずとも、お前の強さは――――。

続く発言は、今求めている言葉ではなかった。

だから、剣士は強引にその声を遮った。

『私は、誰もが認める最強にならなければならない。もし仮に、星を斬る事が出来たならば、誰もが認めるだろう。私が最強であると。死に逝き、星になったかもしれない過去の英雄も、誰も彼もが認める筈だ。私こそが最強なのだと。……私はな、どうしても伝えたいんだよ。星になったかもしれないアイツに。＊＊＊に、見せられなかった私の剣を。お前が信じたものは、正しかったのだと。……星を斬る事だけが、証明出来る唯一の手段なのだ』

だからお前は星を斬る、と？　ただそれだけの為に斬られるなんざ、斬られる星も堪ったもんじゃねえな。男は呆れ混じりに肩を竦め、そんな軽口を叩いた。

『誰に何と言われようがこの考えだけは変わらんよ。私は星を斬り、最強を証明する。それだけが＊＊＊に報いる方法なのだから』

頑固なヤツ……。

だからあんな変なあだ名を付けられる事になるんだ。

『別に良い。私は、あの呼び名を気に入っている』

そうか、そうか。

まあ、お前にはぴったりなのかもな。俺なら勘弁願いたいところだが……。でも、お前なら成せる気がするぜ。なにせ、この俺ですら認めてるんだからな。お前の剣技は。だから、きっと成せるさ。お前なら。

――『星斬り』と呼ばれてるお前なら、な。

「ふ、はっ」

意識が、現実に引き戻される。

そう、だ。

俺は、何が何でも『星斬り』を成さねばならない。肢体を斬り裂かれてでも、成さねばならないのだ。

憧れた理由は、格好良かったからだった。

その剣士の生き様が俺の琴線に触れたから。

俺もそんな生き方をしてみたいと思った。そしてそれと同時に、彼の研鑽し続けた剣技は、星に届き得たのだと俺が代わりに証明したくもあった。

終生、『星斬り』を成す事は叶わなかった星斬りの剣士。もし彼が万全の状態であったならば、きっと届き得た筈なのだ。

だから、代わりに俺が証明する。

彼に憧れてしまった俺だからこそ、その意志を代わりに。この憧憬を抱かせてくれたせめてもの恩返しに。

「ふはっ、あはははははっ!!!」

俺の『星斬り』を目指す想いを誰かにぶつけたところでそれはきっと理解されない。理由を口にすれば誰もが夢見心地が抜けきれてないと呆れるだろう。

夢の見過ぎだと笑う事だろう。

『星斬り』への憧憬を抱いておきながら、何も出来ずに生を終えてしまう。確かにそんな人間には笑い者にされる末路がお似合いだ。だから、俺は俺自身を笑った。

「や、っぱり――――!! こんなところで終わっていい筈がないよな。終われる筈がないよな」

泣き言は全てを失ってから初めてこぼそう。

そう心に決め、痛覚情報を下位に据えて剣を手にする左手の感覚を最優先に置き、オーガ（敵）を見据える。

痛みのせいで既にぐちゃぐちゃに掻き乱された思考。ただ、ただ、斬るという一点にのみ集中させ、雑念を振り払う。ビキリと軋む足の骨。けれど俺はそれに構わず、膝をついていた状態から無理矢理に立ち上がる。

「だから……戦って、やるよ……ッ！　手足が引き千切れるその瞬間まで戦ってやるよ!!　こんなところで終われるか。終わらせてなるものか。……俺は、『星斬り』を成すんだろう、がッッ!!!」

記憶には、今の状況に御誂え向きの戦い方が存在していた。膂力（りょりょく）で及ばない相手に対する対処法が鮮明に。

「――――!!!」

「ああ！　ああ!!　俺も、全身全霊をかけてお前を倒す。だから――――!!!」

直後。

耳をつんざくような甲高い金属音が辺りに木霊する。金属同士が打ち合った音。けれど、その音は直線的ではなく、少しばかり逸らされていくような。受け流されていくような音であった。

「だから、どちらかがぶっ倒れるまで、絶対、手ぇ抜くなよ……オーガァァアアッッ!!!」

左の手がイかれていく感覚を直に感じながらも、俺は声を嗄らさんとばかりに大声で叫び散らす。

巨軀から繰り出され、襲い来る剣撃。

それを上手く受け流しながら俺は懐に入り込み、剣を振るう。

「……俺の。『星斬り』に至る為の、糧となれ……ッ」

浅く、肉を斬り裂く一撃。

それは決して致命傷になり得ない一撃であったが、それでも。それは紛れもなく、反撃への足掛かりとなる一振りであった。

七話

燃えていた。

全てが、燃えていた。

血潮がひどく沸き立ち、まるで燃えているかのような錯覚を抱く。感情が、魂が、何もかもが恐らくこの時燃えていたのだ。抱いた渇望は身を焦がし、闘争心は燃え盛る。

「……ははッ」

この、窮状。

全身が悲鳴を上げており、もし仮に限界があるのだとすればそれはとうの昔に過ぎ去っているのだろう。

危険信号を鮮明に灯し、脳から訴えかけられる危機を示す情報を無視して今、俺は地面に足をつけている。

この地に立って、いるのだ。

それは何故か。それは、どうしてか。

決まっている。

その答えは既に決まっており、俺自身が誰よりも自覚していた。俺はどこまでも恐れているのだ。『怯え』ているのだ。

掲げた渇望を遂げられない事に。

抱いた憧れを手放してしまう事に。

だから俺は脳が発する生命の危機信号ですら、無視する事が出来た。本来であれば疑わず受け入れるべきその信号を無視する事より、俺は渇望を、『星斬り』を成せぬまま死に逝く事の方が怖かったのだ。

「堪らない。ああ、堪らないよ」

俺は、常に棒切れを振るうだけの毎日を送っていた。『星斬り』を目指し、常に振るっていた。いつか、『星』を斬る。ただ、その願いを叶える為に。漠然とした願望へ向かって、振るい続ける行為はいつしか、自分自身ですら自覚出来ないほどの小さな疑念を抱かせた。

言ってしまえば、遠いのだ。

『星斬り』があまりに遠過ぎるのだ。

今の俺とかけ離れた場所に位置するが故に、本当に俺は届き得るのだろうかという不安がどこかに生まれてしまっていた。

何故ならば、過程が丸ごと存在していなかったから。『星斬り』に至る為の成長過程に当たる部分が、丸ごと。だから。

だから俺は、堪らなく感じていた。

初めて、己が超え得る壁が如き存在に出会えた事が。それが、何より堪らなかった。

『…………』

オーガは俺を不審気に見詰めていた。

俺の瞳に映るオーガは、刹那の死線に生きる価値を見出す類いの戦闘狂だ。だから、本能的に理解してしまったのだろう。俺と、オーガの本質は決定的に異なっていると。

にもかかわらず、俺はこうして嗤っている。心底、楽しくて仕方がないと言わんばかりに嗤っていた。そこに、怪訝を抱く。どうして、お前は嗤っているのだと。

「簡単な事だよ。楽しいから笑ってる。なに当たり前の事を不思議に思ってんだよ？　なあ、なあ!!」

高揚感に支配され、思うがままに叫び散らし鼓舞する。

その間も苛烈な攻防は続いており、ぎゅううと猫の目のように絞られた俺の瞳はオーガの繰り出す一撃を余す事なく捉え、全てを受け流しつつ火花をこぼす。

「『……クハ、ハハハッ』」

口角を歪め、オーガは笑んだような息遣いをしてみせる。喜悦に塗れたその相貌は、片目を潰され、右腕を斬り落とされたにもかかわらず、痛みを感じているとは到底思えないものだった。

振るって、振るって、振るい続けて。

縦横無尽に大気をズタズタに斬り裂き続ける剣撃は止む事を知らない。

命の取り合い。

これは殺し合いであるというにもかかわらず、俺とオーガは嗤っていた。楽しいと。堪らないと言わんばかりに。

「本当に、お前で良かった。今俺の目の前に立っているやつがオーガでなかったらきっと俺はここに至っていなかっただろうから!!!」

オーガに出会えたからこそ、俺は成長出来たのだと。オーガのお陰で俺は成長したのだと声を上げて言ってみせる。

きっと、この闘争がなければ俺の手に間違っても『剣』は存在していなかっただろうから。キッカケをくれたのは目の前のオーガだ。だから俺は叫ぼう。感謝しよう。礼を尽くして――剣を振ろう。それが、俺に出来る最大の返礼であるだろうから。

「『星斬り』を成す為には、常に聳え立つ壁に挑み続けなければならない!!　それを自覚させてくれたのは他でもないお前だ!!」

『星斬り』の夢を見たあの日あの瞬間より、俺は剣士を志した。『星斬り』に憧憬した。誰にも理解されない渇望を抱き、俺は愚直に鍛錬を続けた。でも、ダメなのだ。その程度では、到底及ばないのだ。足りないのだ。何もかも、不足している。何もかもが、欠落している。

必要だったのはただ一つ。

己を常に追い込み続ける事だけだった。

本来ならば届かなかったであろう壁を、己の限界を。常識ですらもぶち壊して超える事だけであった。

――私は、『最強』を証明したいのだ。

言葉にすればどうしようもないまでに陳腐に映る二文字。けれどそれは何より重く、遠い。易くないのだ。その二文字は。その二文字だけは決して。

「だから――――ッ!!!」

既に認めている。

出会った当初より本能がそれを認めていた。

目の前のオーガは、格上であると。俺よりもずっと上に位置する存在であるのだと。

「だから、俺はお前を超えて先へ進む!!!」

超えるべき壁に思いの丈をぶつけ、俺はオーガと距離を取った。もう、何十と交わした剣。けれど、どれだけ気丈に振る舞おうとも、見栄を張ろうとも終わりはすぐ側まで訪れていた。お互いに、限界はとうの昔に超えている。それでも振るい続けたのは意地か、執念か。

「は、ぁ――――ッ」

冷え込んだ空気を思い切り吸い込んで肺に取り込む。そして身を屈め、闇夜に漸く慣れてきていた双眸を見開かせながら俺は全身に力を張り巡らせた。

噴き出す汗。気力でどうにか立っている状態の俺に、次は存在しない。本当に、これが最後。泣いても笑っても、これが。

「斬――――るッッ!!!!」

願望を。渇望を。希望を。

想いの全てを乗せて、俺は再度肉薄を始める。

右腕は垂れ下がったまま。故に、左腕だけが頼り。

一歩。また一歩と進めば進むほど寿命を削られていくような感覚に見舞われながら、俺は大地を強く踏みしめた。

何かが毀れるような音を幻聴しながら。

きっとそれは幻聴ではないのだと薄々理解しつつも俺は、構わず左腕に力を込めた。

そして、交差し交わる剣線。

それを受け流し、確殺となり得る一撃をカウンターとして叩き込む。それで勝負を決める。俺の頭の中ではその予定であった。だが、

「ア、ぐッ……!?」

刹那、ビキリと悲鳴が上がった。

それは気のせいだと紛らわす事すら出来ないまでに明瞭に脳へ響き、発生元はすぐに理解してしまった。ここにきて、右腕だけでなく剣を手にしていた左腕までもが毀れたのだと。

どうにか剣は握れる。

けれど、その一瞬の空白は今この瞬間において致命的過ぎた。俺に向けられ、大剣に込められていた力を上手く受け流す事が出来なかったからだろう。

時同じくして、ピキリと手にしていた無骨な剣がひび割れ、程なく剣身が二つに折れ分かれた。

宙に放り出される剣の一部。それを目にしたオーガが抱いた感情。それは、歓喜であった。

勝者としての笑みが、鮮明に浮かび上がった。

防ぐ手段すら失った満身創痍の身体。

俺に残された迫り来る剣撃から逃れる手段はただ一つ。

――避ける事。それだけであった。

身体を引け。後ろに跳べ。逃げ、ロ。

脳から身体にそう指示を送るより早く、不幸中の幸いか、肢体は動いていた。

その場から飛び退こうと後ろに下がる俺の身体。

しかし、

「『タノジ、ガッタ』」

オーガは確信していた。

どう足掻こうとも、この一撃は。

袈裟懸けに繰り出されるこの一撃だけは、最早、避けようがない事を。だから、これが最後だとばかりに口吻（こうふん）をもらした。

「――ッ、ぐっ」

疲弊し、ボロボロになるまで酷使された身体を使って必死にこの窮地を凌ごうと試みる。けれど、それでも、僅かに時が足らなかった。

そして――――眼前に赤い飛沫（しぶき）があがった。

己の身体から袈裟に噴き出す鮮血。遠退く意識。俺は斬られたのだと目の前の光景のせいで、否応無しに理解してしまう。崩れ落ちる身体。揺らぐ視界。

そして、興味を失ったのか俺に背を向けるオーガ（敵）の姿。あぁ、だめだ。それはだめだ。

お前は俺が斬るのだから。

だから、目の前から立ち去る事を俺は許容しない。俺はまだ戦える。戦える筈なんだ。だから、だから。

薄れ行く意識の中、俺はひたすらそんな言葉を繰り返す。動けよ。ここで終わってなるものか。

俺は斬らなきゃいけないんだ。だから、動けよ。動け。後のことなんざどうでもいい。だから

――

――動けよ。


ざっ。

気付けば、土を踏み締める音を俺は立てていた。

まさかと思い、振り向いたであろうオーガは驚愕に目を見開いていた。まるで、現実が嘘をついていると言わんばかりに。

幽霊でも見たかのように驚いていていた。

（内臓までは、届いてない……）

咄嗟に飛び退いた事が幸いしてか、先の一振りは臓器にまでは達していなかった。それを確認し、安堵の息を吐く。痛みという痛みが全身を支配しており、身体は既に痴れている。感覚はもう殆ど感じられなかった。

（ここからなら、届くか）

距離にして5ｍ程。

俺の剣ならば、きっとここからでも届くと思った。いや、そう断じられた。

「今度は、逃がさない」

覇気の薄れた声音で告げる。

左の手には、いつの間にか新たに造られていた一振りの剣。それをゆっくりと振り上げた。

一度だけしか使えない。

そう思っていた技だというのに、どうしてか今ならば使えるような。そんな気がしたのだ。だから、俺は。

粒子が集まり、再び剣の形を形成してゆく折れていた剣には目もくれず、息を吐いた。

「————ッ!!!」

慌てて大剣を構えるオーガ。

けれど、そんなものはコレの前では何の役にもたちやしない。どうして？

そんなの、当然じゃないか。

「最後の最後で、確実に息の根を止めようとしなかった事がお前の敗因だ」

これから繰り出す一撃は『星斬り』の剣士の技。生半可な防御など、吹かれる灰の如く無力に吹き散らされる。

ああ、ああ。受けてみろよ。この一撃を。

あんな棒切れ（ナマクラ）で、ではなく。剣士として、『剣』を手にして放たれるこの技を。

次は、必要ない。

これで終わりだ。だから、後先考えずに放て。

両腕両足。全てが壊れてでも撃ち放て。

全身全霊をかけて、『星斬り』の一撃を――――！

「斬り裂けよ――――」

それは、ただの棒切れで丸太のような腕を切断してみせた規格外の技。唯一、オーガの本能に恐怖を抱かせた『星斬り』の技であった。

この一撃、星まで届け。

「――――流れ星――――ッッ!!!!」

ピキ、リ――――。

何かが決定的に毀れてしまう壊音を耳にしながら、俺は振り終えた剣を取りこぼした。

右の腕に倣うように、だらりと垂れ下がる左の腕。落下し、音を立てる無骨な剣。

「は、ははっ。ははは……」

叫ぶ気力すらも最早残されていない。

地に足をつけ、立っている。この状態を維持している事自体が俺にとっては奇跡とさえ言えた。

「勝っ、た。俺が……勝った」

思わず立ったまま意識を手放してしまいたくなる程の疲労感に見舞われながら、俺は勝利に酔い痴れ、うわ言のように同じ言葉をひたすら繰り返す。

何度も、何度も反芻を重ね、そうして己自身の頭に刷り込んでいく。俺は、勝ったのだと。その事実を。

「は、ぁ――」

闇夜に覆われた空を見上げ、溜め込んでいた空気と共に緊張感、不安、逼迫、高揚感を。

全てを吐き出していく。

俺のすぐ側には、胴体が斬り分かれたオーガの亡骸。加えて、どこまでも続く一本線が、大地に深く濃く刻まれていた。


――流れ星。


その威力に関しては、撃ち放った張本人でありながらも乾いた笑いしか出てこない。

それ程までに、その威力は衝撃的過ぎた。

後に残ったのは地割れでも起きたのかと疑ってしまう程の一直線に延びる亀裂。

これだけの威力であるにもかかわらず、夢に見たあの『星斬り』の剣士が放ったものと比べれば、この流れ星の完成度は恐らく2割にも満たない事だろう。

……劣悪も良いところだ。

しかし、そんな劣悪ですらここまでの威力を誇り、立ちはだかった壁を粉々に打ち砕いていた。

やはり、あの剣士は俺にとって遥か先に位置する憧れであると胸中で再認識をする。

「漸く」

一文字一句噛みしめるように。

「漸く、一歩進めたような。そんな実感が出来た」

ただただ無我夢中に棒切れを振っているだけではきっと、この感情を抱く事は叶わなかっただろう。

「感謝するよオーガ。俺の糧になってくれて――ありがとう。お陰で俺は、こうして一歩、進む事が出来る」

言葉はもう必要ない。

そう言わんばかりに、俺はくるりと踵を返し、背を向けた。事切れて尚、どこか不敵に笑っているかのような面持ちを浮かべている好敵手（オーガ）に。

「オーガの討伐レートはB。だが、ソイツはオーガの中でもワンランク上の変異種。恐らくレートは一つ上がってB+。オマケにこの暗がり。レートはAでもおかしくねえ」

不意に、俺の鼓膜を揺らす野太い男の声。

村へ戻ろうとボロボロに疲弊した身体に鞭を打ち、踵を返した俺の瞳に映る二つの人影。

オーガとの戦闘の中で薄々は感じていた人の気配。きっとその正体が彼らなのだろうとすぐに理解した。

戦闘が終わるや否や、姿を見せた二人組。

ただ、俺は彼らが誰なのか。

その答えを知っていた。

「だから問おうか。一体、てめえは何者だ?」

だから、俺はあまりこれといって慌てていなかったのだろう。だから、回答次第では斬ると言わんばかりに、圧搾された殺意を向けられながら問い掛けをされても動揺しなかったのだろう。

俺が思うに、彼がそんな問い掛けをしてきた理由は彼が俺を『異常』であると認識しているからだ。

人という生き物は、他者と異なる部分。つまり、『異常』に対して執拗に理由を求めたがる。夢で見た『星斬り』の剣士もそうだった。彼も、『異常』であると捉えられていた。彼の言動の大半が理解の埒外にあると常に思われていた。

だからこそ、俺は笑った。

今できる精一杯の屈託のない笑みを、表情にこれでもかと貼り付けてやった。

「…………」

怪訝そうに目の前の男は眉根を寄せる。

きっとその理由は、俺が破顔する理由が分からないから。

憧れであり、終生、『星を斬る』事にのみ心血を注ぎ続けたあの『剣鬼』と同様に『異常』であると己が捉えられている。

普通であっては、間違いなく星を斬る事は叶わない。その自覚は誰よりもあった。

故に、嬉しくて仕方がなかった。

あれ程、人という枠組みから外れていた『剣鬼』のように『異常』であると己が他者から捉えられている。

その事実がこれ以上なく俺に歓喜の感情をもたらす。漸く、『星斬り』の剣士に至る為のスタートラインに立てたような気がしたから。

これが歪んだ認識であると自覚して尚、その歓喜は止まらない。

「は、は……は、はっ」

笑うたびに傷が開く。

身体を震わせるたびに、血が己の身体の中から失われていく。

けれど。

ここで笑わずして、いつ笑うというのだ。

相変わらず、声から覇気は失われている。

でも、それでも笑う。己の感情を素直に吐露しようと試みる。たとえそれで、目の前の彼らに不審がられようとも。

この瞬間だけは笑っていたかった。

「俺が、何者か？　……んな事は四年前のあの日からずっと同じ。村にいる誰もに笑われようと、これだけは変えられなかった」

彼が問うたのは間違っても俺の名前ではない。

俺の正体。

つまり、本質だ。

「俺は『星斬り』。『星斬り』に憧れた、一人の剣士だよ」

既に俺は剣を手にしている。

あんな棒切れ（紛い物）ではなく、歴（れっき）とした剣を執り、剣士として剣を振るった。

だから、俺は剣士と名乗った。

「……星、斬りだと？」

「そうだよ。『星斬り』だ。言葉の通り、それは星を斬る事。俺は星を斬りたいんだよ。星を斬って、俺が憧れた剣が最強であると証明したいんだ。だから――『星斬り』」

疲労困憊（こんぱい）の状況下に置かれているからだろう。

俺は普段よりもずっと早口にそう述べた。

今すぐにでも意識を手放してしまいそうだからと言わんばかりに。

ゆっくりと、足を進める。

村の方へと一歩、一歩。

しかし、身体を動かせば動かす程痛みが全身に襲い掛かる。裂傷はさらに開き、赤く滲む。

袈裟に斬られた胸の傷が刺すような痛みを伴ってひっきりなしに俺を襲う。

暗がり故に視認は困難を極めていたが、身につけていた衣類にはべっとりと血が付着し濡れていた。

それは見た者誰もが例外なく目を剝くほど。

立っている事が不思議と思えるほどの凄絶な傷がずきりと疼き続けていた。

「ぁあ……」

目の前がぼやけていく。

足の感覚も失われていき、俺の世界が揺らいでいた。

「無理、し過ぎたかな」

血も流し過ぎたのだろう。

思うように身体に力が入らない。

歩いている筈なのに、本当に俺は前を歩けているのかという不安にすら襲われる。

思考はまともに機能していなかった。

「ソフィアには……少し休憩してから帰るって、伝えて——」

彼ら——冒険者だろう彼らがここに来たという事はソフィアが上手くやったという事なのだろ

う。

だから、俺は彼らに言葉をソフィアに伝えて貰おうと試みる。

……しかし、身体が重くて口ですら満足に動かない。喉を震わせてる筈なのに、声が出てこない。

……あぁ、なら。

だったら、少しだけ休んでいこう。

休んでから家に帰ればいい。

少し休めば、きっと身体も回復してくれるだろうから。

そんな根拠もない願望を抱きながら俺は近くに生えていた木の幹に手をついた。

「……ぁあ、だめだ。本当に」

冒険者の二人に、ソフィアにはオーガを相手に上手くやったと。でも、疲れたから少し休んでから帰ると伝えて貰おうと思ったのに、それを口頭で伝える気力すら俺には残っていなかった。

「無理、し過ぎたみたいだ」

木の幹に身体を凭(もた)れさせ、俺は重力に抗う事なくズルズルと地面にへたり込んだ。

全身を覆う痛獄から逃れるように俺はそのまま意識を手放し、暗闇の世界に溶け込んだ。

あれから何分、何時間経っただろうか。

休養を経た俺の意識は覚醒し、重たい目蓋をゆっくりと開かせていく。

目に優しい暖色の光と、それに照らされる木目調の天井。俺の視界に映った光景は、見慣れた景色――――俺の自室であった。

……オーガを倒したところまでは覚えている。

だが、その後の記憶が丸ごと欠落していた。

そもそも、俺は自宅にいつ戻ってきたのだろうか。そんな疑問を己自身に投げ掛ける最中、ズキリ、と既に回復していた感覚が機能し呻きたくなる程の鋭い痛みが身体中を駆け巡る。

「痛っ、ッ……」

火事場の馬鹿力。

オーガと対峙していた時にはそういった普段ならば縁のない機能が働いていたせいで薄れていたであろう痛み。

本来これが正しい状態なのだと言い聞かせて痛みに耐えようと試みるも、思わず声を上げてしまうほどにその痛みは凄絶なものであった。

「……超痛い」

両腕は勿論、両足ですら力を込めようとしてもまともに動かない。上体を起こそうといくら力を込めようとも、身体が痙攣でも起こしたかと錯覚する程度に震えるだけ。

文字通り全身全霊をかけて戦い、勝ってみせたのだとあまり嬉しくない勝利の余韻が今になってやってきた。

「にしても……ギリギリだった」

あの戦いはオーガではなく、俺が死んでいても全くおかしくはなかった。単純に、今回は運が良かっただけだ。

仮にもう一度戦ったとして、絶対に勝てるなどと宣う程、アレは思い上がれる戦いではなかった。本当にギリギリの死闘であったのだ。

「まだまだ、足りないものだらけ」

あの戦闘のお陰で当面の課題が見つかった。

今、俺に足りてないもの。俺に必要で、身に付けなければならないもの。それらが明確に。

「……俺はもっと、壁を越えなくちゃいけない。もっと、経験をしなくちゃいけない。……足りない。何もかもが、足りてない」

己の前に聳え立つ強者という名の壁を越えていかなければならないのだ。

それこそ今回のように、命懸けだとしても。

あのオーガのような己にとって格上の相手と戦い続け、研鑽を積むべきだと今回の戦いではっきり分かった。加えて、必殺たり得る『流れ星』の使用回数も。色んなことが判明し、いろんな問題が浮き彫りとなった。己の力量不足。それを否が応でも認識せざるを得なかったからだろう。

疲弊しきった身体だとしても鍛錬を積みたいと思った。それこそ、両腕両足に巻かれた包帯を振りほどいてでも――。

「――ん？」

包、帯？


ここで漸く疑問に思う。

どうして俺の両腕両足には包帯が巻かれているのか。そもそも、誰が治療したのだろうか、と。

「……あ、れ、なんで手足に包帯が巻かれてるんだろ」

村に治療の心得があるものなど一人もいない。

そもそも、包帯なんて大層なものは誰一人として用意していなかった筈――

「やっと起きたのね」

ガチャリと。

部屋の外に続く扉のドアノブが捻られ、まるで狙ったかのようなタイミングで一人の女性が顔を覗かせる。そして程なく彼女は俺の下へと歩み寄ってきた。

「ま、あれだけの傷だもの。一週間通して昏睡状態になるのも仕方ないわ」

「いっ、しゅうかん？」

「ええ。キミは一週間ずっとベッドの上で寝てたのよ？　本当に、死人みたいにね。だから、あれからもう一週間経ってるわよ。『星斬り』君？」

そこでやっと思い出した。

そうだ。俺は、今話しかけてきている女性と面識がある。というより、『星斬り』と名乗っている。消えかけの意識の中での出来事だったからか、記憶は曖昧であったが今漸く思い出した。

「……冒険、者」

「正解。それと、平気な顔して嘘をついてくれた件については私、割と根に持ってるからそこのところ宜しくね」

……そういえば俺、この人に嘘ついて棒切れを取りに向かったんだっけと今更ながら思い出す。

指摘されるまで完全に頭から抜け落ちていた。

「だけど、たった一つ。私の質問に答えてくれれば、あの時の事はチャラにしてあげても良いわ。……言っておくけど私、かなりネチネチした性格だから、拒否したら後がどうなっても知らないわよ」

と、脅される。

その質問とやらに答えなければ何をされるか分かったものではない。それに、別に答え辛い事があるわけでなし。俺は「……分かった」と言って言葉の続きを促した。

「じゃあお言葉に甘えて、遠慮なく。『星斬り』君。キミって一体――――何なのかしら？」

「……は？」

やって来た質問。

しかし、俺は自分自身の鼓膜を揺らした問い掛けの意味と意図が全く以て分からなかった。

「本当はね、キミを助けるつもりだったの。私、あの女の子にキミを助けて欲しいって頼まれてたから。だけど現実、私は手を出せなかった。ううん、違う。魅せられてたの。キミという一人の剣士に。だから、無粋だと思った。私という部外者があの戦いに手を出しちゃいけないと否応なしに理解させられた。あぁ、キミは〝剣に生を捧げてる(こっち)〟側の人間なんだなって事も分からされた」

だから聞きたいのだと彼女は言う。

「こう言っちゃ悪いけど、こんな何も無い辺鄙な村でキミみたいな存在が何もなしに生まれ出るとは私には到底思えないの。だから、聞かせて貰ってる。キミという存在は、一体何なのかしらってね」

……そこまで説明して貰って、漸く理解に至る。ただ、それは既に答えた筈の質問だった。

俺は『星斬り』。

『星斬り』に憧憬の念を抱いてしまった一人の人間。

どこまで煎じ詰めようと、それ以上でもそれ以下でもなく。ただ、その答えだけが答えとして在るだけ。

「キミが『星斬り』を志している事は既に聞いたわ。それでも、私の中で渦巻く驚愕の感情は収まってくれなかった。黙って見てた私が言えた義理ではないけれど、はっきり言って、キミ、一歩間違えれば死んでたわよ」

「……だろうね。その自覚はあるよ。でも、あれくらいしないと俺は至れないから。俺みたいな凡人は、あれくらいしないと話にならないから」

「……あれくらい、ね。全身の骨の大半が砕け折れて、出血多量。あと数センチで内臓に届くような傷をいくつも背負い込んで、あれくらいってキミは言うのね。……ちゃんと認識した方がいいわよ。キミ、かなり壊れてるから」

何が、とは言ってくれなかった。

口元を静かに緩ませる彼女は、それ以上を語ってはくれなかった。

「……でも、そっか。そういう事なのね」

ただ、彼女の中ではどうやら答えは出たらしい。彼女にとって、先の俺の答えは十分に満足いくものであったらしい。

「キミは私と同類だと思ってたけど、ちょっと違うみたい。それなりに修羅場を潜って来た私ですら可愛く見える程に、キミの『星斬り』に対する熱の度合いは酷い」

そして、その熱を抱いたキッカケは最早理屈でどうこう説明出来るようなものではなかった。

それを理解したからなのか。

彼女はそれ以上、俺に対して問い詰めようとはしなかった。

「ただ、嫌いじゃない。そういう真っ直ぐな熱は、嫌いじゃないわ。たとえそれが、どうしようもないまでに致命的な何かが壊れていたとしても」

そう言って彼女は言葉を締めくくる。

結局、何が言いたくて、彼女は何を俺から聞きたかったのか。その答えは得られず終い。

一体、何がしたかったんだと疑問符を浮かべる俺であったけど、そんな折。

中途半端な閉じ方をしていたドア越しに、新たな声が聞こえて来た。

「おい、リレア。そろそろ話は済んだか？　オレもその餓鬼に一つ話があるんだが――――」

　そう言って顔を覗かせたのはがたいの良い男性。これまた俺が『星斬り』であると語ってやった男であった。

　しかし。

「戻るわよ、ロウ」

「あ、ん？」

「どうせ、あの子を『冒険者』にでも誘う気だったんでしょう？　……やめておいた方がいいわよ。あの子、私達の手に負えるような子じゃないから」

「……おいおい。それってどういう」

「ほーら、四の五の言ってないでいくわよ」

　ぐいぐいと乱暴にロウと呼ばれた男の髪を彼女――リレアが引っ張りながら半ば無理矢理に俺の部屋から退散していく。


　そして去り際。

「あ。そういえば、すっかり言い忘れてたわ。キミの治療をしたのは私達だけど、ずっとキミを看病してたのはその子だから。随分と心配してたわよ？」

　言われるがままにリレアが指差した方向へと視線だけ動かすと、そこには壁に凭れかかりながら船を漕ぐソフィアの姿があった。

　そして、それだけを告げて今度こそ、彼女らは俺の自室を後にした。

八話

すー、すー、と寝息のような息遣いが横たわる事しかできない俺の鼓膜を一定間隔で揺らす。

首ですら動かすと痛みが走る。

なので視線だけソフィアの下へと向け、俺はジッ、と彼女を見詰めた。

「なぁ――――ソフィア」

そして、声を出す。

船を漕ぐソフィアに向かって、俺はさも何もなかったかのように話し掛けた。

「お前、起きてるだろ」

「…………」

船を漕ぐ真似をしてまで取り繕っているのだろう幼馴染みへ、俺は責めるような眼差しと共にそう告げる。

程なく、こくり、こくりと船を漕いでいたソフィアの身体がぴたりと硬直。

未だ目蓋は閉じたままだったけど、動きを不自然に止めてしまった時点で俺の言葉に肯定したようなものだった。

「……何年の付き合いだと思ってるんだよ」

小さな村の生まれだったからだろう。

殆ど家族同然に毎日顔を合わしていたからか、狸寝入りをしたところですぐにそれは見透かす事が出来た。

「……ま、話し掛け辛いのは分かるんだけどさ。ただ、一つだけ言っとく。俺はソフィアの事を怒ってても無いし、恨んでも無い。この傷だって言ってしまえば俺が望んで受けた傷だ。だから、ソフィアが罪の意識を感じる必要性なんてものは何処にもない」

俺は俺の前に立ちはだかったオーガ（壁）に背を向ける気は毛頭なかった。

だけれど、逃げようと思えば逃げ出せるタイミングなんてものは幾らでもあった。

でも、俺は逃げようとはしなかった。

現実、棒切れを片手に、立ち向かうという馬鹿としか言いようがない選択肢を俺は選び取ったのだ。

「気に病む必要なんてものは、何処にもないから」

そう言って俺は気丈に笑う。

ソフィアからすれば、自分のせいでと思ってるんだろうが、それでも、俺からすればこの傷はどうしようもなく己にとって都合が良かった。

勿論、痛いのが好きだとかそんな特殊性癖とかでなく————ただ単に、これからの事を考えるとこの傷はちょうど良かったのだ。

今回の一件で良く分かった。

全ての事柄において、根本的な解決はとどのつまり、『痛い目』を見る他ないのだと。貴重な体験であったとして、胸の奥に一度は刻んでおかなければならない。これから先も、『星斬り』を目指すのであればそれは間違いなく。

あのオーガのお陰でそれを自覚する事が出来た。

受けたこの傷は俺の甘い考えが齎した結果だ。強引ではあるけれど、望んで受けた傷と言っても強ち間違いではないいんじゃないか。俺は、そう思った。

だから、これは本心だ。

取り繕った偽の感情ではなく、率直な言葉。

「慰めじゃない。これは、俺の本心だから。だから、そんなに気に病む必要なんて本当に何処にも無いんだけどな」

船を漕ぐ事をやめたかと思えば硬直して。

硬直したかと思えば俯いて。

俯いたかと思えば――――無言で泣き出して。

幾ら何でも情緒不安定過ぎないかと呆れながらも、俺の脳裏を過るリレアの言葉。

――――キミ、一歩間違えれば死んでたわよ。

その言葉が目の前の状況を作り出した最たる原因と理解して、俺は苦笑いを浮かべた。

「良い経験だったよ。貴重な経験だった。命懸けではあったけど、それでも、得られたものは限りなく多かった」

俺としては、あの闘争は命を懸けるだけの価値があったと、アレに価値を見出している。

けれど、あくまでそれは俺に限った話。

自分のせいで俺が大怪我をして死にかけたと思い込んでるだろうソフィアにはどうしようもないまでに俺の言葉は届いてくれない。

依然として胸中絞る感情を、床にぽとり、ぽとりと落として、水玉を作るだけ。

はっきり言って、俺はどうすれば良いんだと嘆いてしまいたくあった。

「…………は、ぁ」

とはいえ、元はと言えば俺のせいであった。

そもそもの原因はソフィアが村の外に出た事にある。けれど、それを行動に移した理由が俺の言葉であった筈なのだ。故に、突き詰めてしまえば、俺のせいに帰結する。

だから、面倒臭いからもう知らん。

とだけは出来なくて。

「そもそも、お前は勘違いしてる。なんで俺がオーガ如きで死ななくちゃいけないんだよ。『星斬り』を成そうとする俺が、なんでこんなところで躓(つまず)かなきゃいけないんだよ」

自信過剰な発言をあえてする。

なにも無かったかのように振る舞うくらいがソフィア相手ならちょうど良いと思ったから。

「俺、言っただろ。負けはしないって。付き合いが長い幼馴染みの言葉くらいちょっとは信じろよ」

だからそんな通夜みたいな雰囲気出すなと言わんばかりに俺は言い放つ。

どうせ、他の誰かにいつ死んでもおかしく無い傷だとか何とか吹き込まれでもしたのだろう。

……事実、そうだったのだろうからそれについて俺の口からは流石に何も言える筈がない。

でも、余計な事吹き込みやがって程度の愚痴をこぼすくらい許されるだろう。

そうでもしないとやってられない。

「で、も」

漸く口を開いたかと思えば、たった二文字で震えるソフィアの声は止められた。

続けるべき言葉が思い浮かばないのか。

頭に思い浮かべてるであろう言葉を紡いで良いのかと迷っているのか。

それは分からない。

俺がソフィアの内心を見透かせるワケもない。

だけど、それは俺の目に、どうしようもなくまどろっこしく映った。だから。

「だぁー!!　俺はこうして生きてる!　さっきから勝手に俺を殺すな家出少女!!」

「あ、あれは家出じゃないしっ!!」

身体を蝕む痛みに表情を若干歪めながらも、乱暴に叫び散らす。

うじうじする理由は分かるし、俺が逆の立場であってもソフィアのようになっていたかもしれない。でも、いつまでもそんな態度を取られてると流石に俺までも気が滅入る。

「はぁあ!?　一人で隠れんぼして野宿する気満々だっただろ！」

「はぁあ!?　それ！　流石のあたしもキレるよ!?　必死に隠れてたのにその言い方はない――――！」

――ないじゃんと。

沈痛な面持ちを浮かべて壁にもたれていたソフィアは売り言葉に買い言葉と言わんばかりに、勢いよく立ち上がり、反論しようとして
「……そのくらいで良いんだよ。俺の我儘でオーガと戦ったって言ってるのに、こうも気落ちした顔見せられると俺も調子が狂うし、何より罪悪感が湧いて……その、しんどい」

ソフィアの身体はまた、硬直した。

きっとそれは、包帯でグルグル巻きにされてた俺が精一杯の強がりを見せながら言葉を叫び散らしていた事に気がついてしまったから。

「ご、ごめん。……ユリウス」

そしてまた顔を俯かせて、謝罪。

……流石にこのままではラチがあかない。

そう判断を下して俺は、ならばと強引に話題を変えることにした。

十数秒ほどの沈黙を、経て。

俺は話を切り出した。

「――――あのさ。俺、この傷が癒えたらこの村を出ようと思う」

「……え」

言ってる意味が分からない。

そう言わんばかりに、俺の言葉を耳にしたソフィアは驚愕に目を見開かせていた。

「ソフィアにはまだ、出る気はないって言ったけど、それは俺の認識が間違ってた。俺に足りないのは鍛錬じゃなくて。……必要なのは覚悟と、経験だった」

だから、俺は村を出ると宣う。

……我ながら都合が良いヤツだと思う。

一度は村を出ないと言っておきながら掌を返して今度は村を出たいと言うのだから。

けれど。

「……やっぱり、おじさんの言う通りになっちゃうんだ」

予めやって来るだろうなと心の何処かで予想出来ていたソフィアの叫び声は俺の耳には聞こえてこなかった。それどころか、ため息混じりの諦念を示す言葉が一つ。

ただ、どうしてそこで俺の親父の名が出て来るのか。その理由が全く以て理解の埒外にあった。

「……親父が？」

「そう。ユリウスのお父さん。多分、目が覚めたらあの馬鹿息子は絶対にそう言うからってあたしに教えてくれた。それと、伝言も」

恐らく、俺が無茶した事に対して誰よりも怒っているだろう親父（人間）からの伝言。

どうして親父は俺が村を出たいと言い出すと分かっていたのか。それは分からない。

けれど、ソフィアが紡ごうとするその言葉はどうしようもなく聞きたく無かった。

耳を塞いでしまいたかった。

……しかし、怪我のせいで耳を塞ぐどころか聞いてないフリすら出来そうになかった。

「……あのね、おじさんからは、ユリウスが村を出たいって言い出した時は――――」

九話

◇◇◇

「あー…………」

婀娜(あだ)として満ちた月光を浴びながら、大きめの岩に腰掛ける俺は脱力していた。

「もう、二年か」

早いような、遅いような。

感傷に浸りながら、腰に下げる無骨な剣の柄に手を添えながらぼけっと空を眺める。

思い返される二年前の情景。

変異種と呼ばれるオーガと戦い、包帯グルグル巻きにされながら全治三ヶ月という重傷を負いながらも、ソフィアと交わした会話がまるで昨日の事のように思い出せる。

――――……あのね、おじさんからは、ユリウスが村を出たいって言い出した時は――――。

「親父には世話になりっぱなしだなぁ」

――――二年だけ、村を出るのは待って欲しい。私が、生きる為の術をユリウスに可能な限り叩き込む。……その後であれば、村から出るなり好きにすれば良い。幾ら魔物を倒す力があるとはいえ、世間知らずの子供を送り出すわけにはいかない。……そう、伝えてくれって。

「あと三日でちょうど二年」

律儀にきっかり二年を待つ気など、当初はこれっぽっちもなかった。

だけど、野に放り出されても生きられるようにだ。生きる為に必要な最低限の学を身に付けさせて貰うためだ。

村を出て俺がちゃんと一人で生きられるようにと世話になるうち、せめてあの言伝を律儀に守ろう。そう、思うようになっていた。

「ソフィアは今頃何してるかな」

あのオーガの一件以降、村にやってきた五人のうちの三人の冒険者――――ロウ。リレア。そして、もう一人、ヨシュアはたびたび、村にやって来るようになっていた。

そして、ちょうどひと月前か。

偶々近くに用があったからと言って村に寄った彼らが村から王都に帰る際、何を思ってか。

ソフィアは俺より先に王都へ行くと言って彼らと共に王都へ一足先に向かっていた。

だから、俺がソフィアと会ったのはひと月前が最後。

俺が親父から二年待てと言われ、ならばあたしも待つと言っておきながら最後の最後になって意見を変えたソフィアの考えは分からないけれど、あいつにもあいつなりの考えがあるんだろう。

そう自分を納得させて特に深くは考えないでいた。……いたんだけど、ふと、気になった。

そのワケはきっと長年暮らした村を出る事に寂寥のような感情を俺が抱いてしまっているからなのかもしれない。それを、誤魔化す気持ちのやり場を探していたからなのかもしれない。

「ま、俺も三日経てば王都に向かうし、どうせ分かるから今考えても仕方ないんだけどさ」

そう言いながら俺は上に向けていた視線を戻し、ひょいと腰を下ろしていた岩から降りる。


夜は魔物の世界。


いくら魔物を倒せるとはいえ、夜はあまり外を出歩くものでないと親父からも常々言われていた。けど、今日はどうしてか外の風に当たりたい気分だった。

「戻るか」

帰りが遅くなったとしても、今はもう二年前ほど心配されはしないだろうが、一応、心配される事には心配されるのでそろそろ戻るかと、俺は踵を返した。


そして、歩く事十数分。

明かりに照らされる村が俺の視界に映り込む。

何故か、入り口付近にはソフィアの父であり村長でもあるアレクさんと、親父の姿がある。

加えて、見覚えのない三人が何やら口論でもしているのか、言葉を交わしていた。

だが、明かりに照らされるアレクさんや親父の表情は険しく、あまり良い話でない事は一目瞭然であった。

「親父」

「……ユリウスか」

彼らの下へと数十歩とかけて歩み寄り、そう言って声を掛けると、その場に居合わせた親父含む五名から一斉に視線を向けられた。

親父達と言い合っていたのは抜き身の刃のような印象を受ける女性と、騎士と思しき格好をした男性が二人。

「この人達は？」

「…………」

一体誰なのかと。

親父に尋ねるも、どうしてかそれに対する返答はない。

ただ、気まずそうに閉口するだけであった。

……一体どういう事なのだろうか。

と、疑念に顔を顰める俺を見てなのか。

親父ではなく、親父と向かい合っていた女性が代わりに口を開いてくれた。

「申し遅れました。私は、ビエラ・アイルバーク。この二人は私の供回りです」

……親父から聞いている。

名とは別に家名を持ち、名乗る人間は決まって、

「……貴族様でしたか」

貴族であると。

王都にて使う機会があるだろうからと言われ、叩き込まれた慣れない敬語を使いながら、俺はどうしてアレクさんと親父があまり良い顔をしていなかったのか。

そのワケを悟った。

「貴族様がこんな辺鄙な村に、何の御用でしょうか」

親父は下手に口を開くなと俺を睨みつけていたが、恐らく先程まで話は平行線だったのだろう。

どうせ俺は三日後には村を出ていく人間。

親父からは貴族は総じて短気であると聞いている。どうせ怒りを買うのならば、村を出る俺が適任であると、そう思ったが故の問い掛けであった。

「端的に言わせて頂くと、私達は徴兵の旨を知らせに村を回っております」

「……徴兵？」

あまり聞き慣れない言葉に俺は耳を疑った。

「厳密に言うならば人手が足りない、でしょうか。魔物の討伐の為の人手を必要としているのでここではあえて『徴兵』と言わせて頂きました」

起伏のない声音。

先程から俺の鼓膜を揺らす声には一切の感情が込められておらず、人形が人の代わりに声を発しているのではないか。

そんな奇妙な錯覚に襲われた。

「……それはつまり、冒険者や王都にいる兵士達では手に負えない問題が発生している、という事なのでしょうか」

そもそも、村で暮らす人間が一人、二人加わったところで焼け石に水もいいとこだ。

俺が言うのも何だが、恐らく何も変わりやしない。

なのに目の前の女性は村を回っているという。

……おかしな話もあったものだ。

そう、思った。

「上からの指示ですので、これ以上は私の口からは何とも言えません。ですが、これは既に決定事項となります。村から最低でも一人、人手を出して頂きたく」

「そういう事でしたら、俺が向かいさえすれば事は済みますよね」

「此方の要求は最低でも村から一人、人手を出して頂く事。たとえそれが誰であれ、人手であるならば問題はありません。上からの命令は人手を出せ、との事でしたから」

「お、ぃッ!!　ユリウス!!　勝手に話を進めるなっ!!!」

親父が俺の手を掴む。

余計な真似をするんじゃないと、向けられる視線が口程にモノを言っていた。

「……これはお前が首を突っ込んでいい話じゃない」

特に――――と、能面のようにピクリとも表情を変えないビエラと名乗った女性をほんの一瞬だけ見遣ってから、親父は言葉を続ける。

〝戦姫〟が絡んでるなら尚更、何があろうとお前を送り出すわけにはいかない。

すぐ側にいる俺にすら殆どまともに聞こえない声量で親父はひとりごちた。

……〝戦姫〟とは、恐らくビエラ・アイルバークと名乗った彼女の事なのだろう。

彼女の纏う雰囲気から、筆舌に尽くし難い不気味さを感じていた俺だけれど、その大層な名にだけはほんの少しだけ親近感がわいた。

『星斬り』というこれまた負けず劣らず大層な名を掲げる俺と良い勝負なのでは無いだろうか。

そんなどうでもいい感想が不意に浮かび上がった。

「何にせよ、ユリウスは一度家に帰れ。繰り返すが、これはかりはお前を関わらせるワケにはいかない」

そしてどういうワケか。

親父やアレクさんはこの件について俺を関わらせる気はないらしい。

十話

「……そろそろ来る頃だとは思ってはいたが、ユリウスが村を出るまでは来ないものとばかりタカを括っていた。最早隠しようもないから言うが、……あれはな、王都の連中からの嫌がらせだ」

家に戻れと言われ、仕方なしに不承不承ながらも俺が帰宅した十数分後。

親父も漸く帰って来たかと思えば、苦々しい表情を浮かべながらそう教えてくれた。

「……嫌がらせ？」

「あぁ。人を出すか、税を多く納めるか。その二択をあいつらは定期的に迫ってくる」

辺鄙な村とはいえ、一応この村も王都へ税を納めている。その事に関しては村長であるアレクさんから話を何度か聞く機会があった。

だから、俺も知っている。

……恐らく、あの申し出を断れば税を多く納めさせられる羽目になるのだろう。

そして親父の言い草からして、人手を出せば――――ほぼほぼ間違いなく、死にでもするのかもしれない。

死ぬと分かっていて人を送り出す。

嗚呼、あぁ。なるほど。

それは悪辣だ。そんな事をすれば間違いなく村は割れる。だとすれば、用意された選択肢はたった一つ。あの申し出を断り、税を多く納める選択肢だけだ。確かに、これ以上ない嫌がらせである。

「いいか、ユリウス。〝戦姫〟――――ビエラ・アイルバーク。コイツだけには何があっても関わるな。冗談抜きで、周りから〝死神〟とも呼ばれてるようなやつだ。供回りの騎士ですら大半が数ヶ月で死に、そのスパンで代わりの者が配置され直していると聞く」

あまりの死亡率に、ビエラ・アイルバークが味方を殺してるのではと噂されるレベルであると親父は言う。

「……よく知ってるね、親父」

「……あの女はこんな辺鄙な村にまで悪名を轟かせるヤバいやつだ。分かったら今日の事は忘れて明日にでも村を出ろ。万が一にもないとは思うが、目を付けられたらロクでもない末路しか待ってないぞ」

あれだけ言葉を交わしたものの、親父は万が一にもないと言う。

……だけど、その理由は何となくだけど分かっていた。

あの女性――ビエラ・アイルバークは恐らく、他者に対して絶望的なまでに興味を持たない人種だ。

第一印象から、人形のようであるとは思ったが、恐らくそれは決して間違いではない。

「ちなみに、あのビエラさんとやらに俺が付いて行った場合はどうなるの」

ここまで言ってまだそんな事を考えているのかと目に見えて呆れの感情が表情に貼り付けられ、責めるような視線が向けられる。

　そして遅れてやってくる深いため息。

「……ここから南西に行ったところに〝ミナウラ〟という街がある。魔物によって荒れに荒れた街であるが、一応は街だ。……その近辺では大量の魔物が定期的に出現するんだ。そして、ビエラ・アイルバークはその〝ミナウラ〟にて魔物討伐の任を請け負っている責任者の一人だ。……恐らく、魔物討伐の為にとボロ雑巾のようにこき使われるぞ」

　少なくとも、今回の魔物討伐が終わるまで。

　そして大半の人間は、その魔物討伐が終わるまで生きてはいられない。

と、親父は言うのだが、ふと不思議に思った。

　大半の人間が生きていられないようなモノであるというのに、ではどうしてビエラ・アイルバークは無事なのだろうか。

　親父の言い草からして、彼女が村に来たのはこれが初めて、とは考え難い。

　加えて、もし仮に彼女が後方にて指示をするだけと考えたならば辻褄（つじつま）が合うが、何処からどう見ても剣士としか言いようがない佇まいをしていた彼女がそれをするとはとてもじゃないが思えなかった。

「間違っても、余計な真似をするなよユリウス。いいか、私はお前には死んで欲しくないんだ」

　知ってる。

だから、二年待てと親父は俺に言ってきたのだとちゃんと理解をしている。

だけど、俺の欲動がどこまでも邪魔をする。

頭では分かってる。

王都ではソフィアだって待ってるし、親父は俺が死なないで済むように色々と物事を教えてくれたのだと。

ただ、理性的な判断を下そうとする俺の思考を、『星斬り』に対する熱が何処までも邪魔をする。

強くなれ。壁を超えろ。限界を壊してみせろ。そう囁くのだ。

これではまるで、死に物狂いだ。

『星斬り』を成すには常人では考えられない経験や技量が必要である事は知っている。そして、それをほんの少しでも得る為には命懸けでなければならないと二年前に身を以て知った。故に。

届かない。

相応のリスクを背負い、戦い抜く行為に身を委ねなければ一生届かないぞと誰か知らない声は俺の心に向かって囁き続ける。確かな説得力を伴って嫌らしく囁き続けるのだ。

きっと、俺が「はい」と言って頷くまでこの声は鳴り止まないのだろう。

「……ユリウス」

ぎり、と親父は力強く歯を噛み締めた。

その理由は俺がいつまで経っても返事をしないから。

二年前。

俺が剣すら持たない状態でオーガに立ち向かうような命知らずであると知っているからこそ、親父の表情はいつになく険しい。

……そんな視線を向けられずとも、頭では分かってるんだ。これはただの俺の自業自得なだけであるから。

勝手に憧れて。

勝手に焦がれて。

勝手に理想に据えて。

勝手に、届かないのではないかと怯えて。

『星斬り』という行為に勝手に憧れた俺が勝手に押し潰されかけているだけ。

勝手に、悩まされてるだけ。

「い、や、分かってる。分かってるよ親父」

オーガの時は、ソフィアを助けるという明確な目的があった。逃げようと思えば逃げることも出来たが、立ち向かう理由があった。

しかし、今回はそれがない。

と、己を無理矢理に納得させようと試みた瞬間に、ぶわりと何かが全てを覆い尽くす。

理由ならば幾らでもあるじゃないか、と。

悪魔の囁きが聞こえてくる。

俺が向かいさえすれば、少なくとも村に課せられた税は増加されない。

王都に向かって、人と同じようにダンジョンに潜って。ああ、それは幸せだろう。間違いなく普通の幸せがやってくる。ただ、それでは『星斬り』は夢のまた夢だろうがなと、何処からか聞こえてくる幻聴が俺を嘲笑う。

そこで漸く理解した。

ソフィアが待ってるというのに、ビエラに対して俺が行けば事は済むのかと逡巡なく口にしていた理由は、行くべきだと心の何処かで思っていたからなのだろうと。何かしらの超えるべき壁を俺自身が欲していたからなのだろうと。

立ちはだかる壁は、己より遥か高みに位置していなければならない。そう、あのオーガから教えて貰った筈だろうがと声は繰り返す。

「ちゃんと、分かってるから」

我ながらこれっぽっちも説得力のない言葉をひたすらに言ってのける。

けれど、俺の意識はずっと親父ではなく先程の話に向いていた。

村の為になる。という免罪符を片手に、ひたすら〝戦姫〟と呼ばれていたビエラ・アイルバークに意識は向いていた。

十一話

その日の夜は、とても閑(しず)かであった。

夢を見る。

『星斬り』の欠けた夢を俺は見ていた。

まるでそれは――――胡蝶の夢のようで。

俺の夢の中に存在する一人の男は山の上で咆哮をあげていた。屍山血河(しざんけつが)の山の上で、咆哮をあげていた。

常勝不敗の『＊＊』此処(ここ)に在り、と。

誰もが恐れ慄(おのの)いた。

『＊＊』を前にして、誰もが身を竦めた。

ただ――――一人を除いて。

当時、『＊＊』と呼ばれたその男は、天下無双を名乗っても異論は出ないと呼ばれた程の男であった。剣を振れば大地を割り、背を向ければ後には屍(しかばね)しか残ってはいない。

そんな伝説すら残した男。

そんな伝説とも言える人間に立ち向かったのは末端の兵士だった。

何の変哲もない剣士のナリをしただけの兵士。

誰もが思った。

立ち向かおうとするその行為は、決して勇気などという綺麗なものではなく、蛮勇でしかないのだと。

しかし、兵士はそんな周囲からの視線に当てられて尚、引く事はせず、それどころかさも当然のように宣ったのだ。

『お前を倒す事が出来たならば、私はもう少し前へ進めそうだ──────』と。

ただ一つ。

平凡にしか見えないその兵士には常人とは異なる部分があった。

その在り方が、尋常とは程遠く。

どこまでも異様でしかなかったのだ。

『世界に、私の名を轟かせたい』

天下無双とまで呼ばれた男を前にして、倒す事が出来たならばと宣い、静寂に包まれる場。

そんな中で、火に油を注ぐように兵士は言葉を付け足した。

己の夢を、当然のように語ったのだ。

程なく、どっと場が沸き、嘲弄といった感情が一斉に兵士に向けられた。

しかし、彼は気にも留めない。

それがどうしたと一蹴する。

天下無双が相手だから足を竦ませるのではない。天下無双が相手だからこそ、全てを喰らわんと試みるのだ。

にぃ、と笑む事で彼はそう主張してみせる。

強くなる為には、自身の『限界』以上を、絶対的強者との死闘にて、摑み取る他ないと彼は知っているから。

故に剣を執る。

故に前へ足を踏み出す。

己が持ち得るたった一つの武器——『意志』を胸に、翅を広げる（剣を構える）。

『お前にとって私はただの雑兵だろう。それは否定しない。戦場でゴミのように死んでく筈だっただろう一人だ。だが、私を他と一緒にしてくれるな』

少なくとも、己は地べたを見詰めやしない。後ろだって見る趣味もない。

だからこそ、翅のない虫と己は違うのだと、そう宣う。

『最強なのだろう？　天下無双なのだろう？』

なればこそ、天下無双の寛大さを以てして、この私の相手をしてくれよと兵士は言ってのける。

……そんな、前代未聞の挑発から始まった命の取り合い。欠けた『星斬り』の記憶はその情景を鮮明に映し出す。

それが、後に『剣鬼』や『星斬り』と呼ばれた男の英雄譚の序章であった。

誰もが不可能であると断じた行為をひたすらに望み、敢行し、傷を負い、それでもと手を伸ばし続けた男の生涯。

その根底に据えられた『星斬り』への情熱の輝きは、黄金よりも眩くて。


「…………ん」

気付けば、俺の意識は覚醒していた。

窓からはまだ月が見える。雲の隙間から差し込む月光が俺を照らしていた。

外の景色を見る限り、全然眠れてはいなかったのだろう。眠る直前と然程(さほど)窓の外の景色が変わっていなかった。

「……久しぶりに見た」

偶に見るのだ。

欠けた夢を、本当に偶に。

己の全盛を以て、全力で、全霊に。

そうして生きてきた男を映す欠けた夢のお陰でぐらりと揺らいでいた心は決まった。

故に、笑う。

「王都の騎士ですら死ぬような場所。そんな場所で、俺という人間が生き延びる事が出来たならば、少しはまた、前へ進めるかな」

問い掛ける。

雲に隠れる星に向かって――――俺は問い掛ける。

人は死ぬと星になる。

俺の憧れはそう言っていた。そして俺も、それを信じている。故に、俺は己の憧れに向かって問い掛けていた。

『星斬り』という規格外でしかない行為に憧れてしまった。その時から俺の先は決まっている。

その過程で死ぬのであれば、所詮俺はそこまでの人間だっただけの話。

ソフィアや親父には悪いが、俺の根本は『星斬り』だ。『星斬り』を成す為に剣を執り、『星斬り』を成す為に、二年待ったのだ。今更変わらない。変わる筈が無い。

この熱だけは、変えられない。

これがきっと、俺の天命なのだろうから。

むくりとベッドから起き上がり、縁に腰掛ける。そして右の手に意識を向け――――剣を創造。

創り出した剣を腰に差し、俺は立ち上がった。

「……まだ、居るといいんだけど」

玄関から出ると親父や母にバレてしまう危険性があった。だから俺は自室の窓をゆっくりと開け、そこから身を乗り出した。

言わずもがな、辺りは暗い。

ひと気も皆無で、村の入り口へと駆け足で向かうものの、やはりそこに人影はなかった。

村長であるアレクさんの姿も何処にも見当たらない。

…………遅かったか。

色々と親父に世話になった手前、言う事を無視してあの場で我儘を貫く事は憚られ、今回の事は忘れようと無理矢理に睡眠を取ったのがやはり間違いだったたか。

そんな感想が胸の中に生まれ、蠢いていた。

月の傾き具合から察するに、まだ時間はあまり経ってはいない。

間違いなく近くに居る筈だと思い、そのまま村の外へと一歩踏み出した俺の視界に映る三人分の人影。

幸運にも、地図を広げ、何やら話し合っていたビエラ・アイルバークを始めとする者達はまだそこにいた。

程なく、俺が声を掛けるより先に俺の存在を知覚したビエラ・アイルバークが口を開き、声を発した。

「……まだ何か?」

親父やアレクさんが既に彼女と話を付けたのだろう。彼女の表情は相変わらず人形めいており、そこから判断する事は難しい。

けれど、彼女の供回りと言われていた騎士達の様子からそれを察する事は容易であった。

「話があります」

そう言うと彼女は呆れたような息遣いをし、首を微かに振った。

「……既に話は終わりました。これ以上、話す事は何も無いかと存じますが」

「……でしょうね」

村を去ろうとしていたのがその証左。

けれど。

だけれど、それでも、俺はあえて言葉を口にする。

「お願いがあります。……俺を、連れて行って下さい」

頭を下げて頼み込む。

しかし、返ってきたのはやはりそれかと言わんばかりのため息であった。

「私が申し上げるのも変な話ですが、もし仮に付いてきたとして。まず間違いなく、貴方（あなた）は死ぬでしょうね。あそこは思い上がった馬鹿ほど早く死にます」

「思い上がってません。思い上がってないからこそ、俺は付いて行きたい。何より、俺はこの目で、上というものも見てみたい」

夢でなく。

追憶でもなく。

現実世界の、己の目で。

〝戦姫〟なんて大層な名で呼ばれるくらいだ。

きっと、とんでもなく強いのだろう。……佇まいからしても、それがよく滲み出ていた。

故に。

親父の気遣いを無下にし、ソフィアとの約束も反故にしてしまうと知りながらも、この道を突き進もうと思えてしまう。突き進めて、しまう。

そんな自分に嫌気が差すと同時に、どこまでも己が『星斬り』という行為に痴れてしまっているのだと否応なしに理解させられた。

「────全ては、『星斬り』を成さんが為に」

そう言って、言葉を締めくくる。

しかし、対して向けられたのは言葉の意味が理解出来ないと言わんばかりの顰めっ面。

だけれど、俺の内心は晴れやかなものであった。声に出すとより一層実感する事が出来る。俺という人間を動かす『欲』というものは何処まで煎じ、突き詰めたところで『星斬り』にしか帰結しないのだと、そう理解をしてしまったから。

「……星斬り」

ぽつりと紡がれた言葉は静まり返った夜の世界ではよく響いた。

困惑の色を含んだその声音は、ちゃんと俺にも伝わっている。

「……それがどこの伝説かは存じ上げませんが、蛮勇以上に愚かな行為はこの世にありません」

あぁ、それは指摘されるまでもなく分かってる。だけど、それでも手を伸ばしてみたいんだよ。

強くなれる機会がそこにあるのならば。

だとすれば、刹那の逡巡すら投げ捨てて手を伸ばすべきなのだ。

何故なら、人という存在に平等に与えられた時間というものには『限り』があるのだから。

「ですが、付いて行きたいと言うのであればそれを無理に拒む理由は此方にはありません」

それもその筈。

この人はそもそも、人手を出せという要求をしていた側の人間なのだから。

「ただ、一つ言わせて頂きますが、私の下にきたところでその『星斬り』とやらに至れたという話は一度として聞いた事がありませんよ」

『星斬り』とはつまり、究極的な目標。

手を伸ばす先に存在する憧れである。

だから、言われるまでもなく今回の件を仮に成したところで『星斬り』に至れる筈は無いと自覚していた。

……言ってしまえば、これは過程だ。

至る為にはそれこそ命懸けで己の『限界』以上を摑み取らなければならないと知っているから。

そしてそれを愚直なまでに積み重ねて、繰り返して、一歩一歩と前へ歩んで。

ひたすら命知らずと呼ばれるような並々ならぬ行為に身を委ね、それを続ける事で漸く至れるかもしれないというステージに立つ事が出来る。

故に。

「そんな事は、知っています」

返す言葉は、それだけに留めた。

端的に纏めた返答に対して、「じゃあ、どうして」という言葉はやってこない。

ビエラ・アイルバークにとって俺という人間はどこか考えがズレているいち村人であるが、間違っても興味がある相手ではないから。

「そうですか」

相変わらずの起伏のない声音。

ただ、程なく己の供回りであると言っていた騎士に彼女は視線を向け、「差し上げて下さい」と口にする。

一体何かと思えば、そう言われるや否や、騎士の男は「やるよ」と一言だけ告げて広げていた地図を半ば押し付けるようにして渡してくれた。

「ここから南西に向かった場所に〝ミナウラ〟という街があります。徴兵に応じるのであれば、あの月が満月に変わるまでにそこへお越し下さい。勿論、道半ばで死んだ場合は、貴方は応じなかったものと見做しますのでお気を付けて」

そう言ってビエラは頭上に浮かぶ弦月に一瞬だけ目を向け、言い放つ。

直前まで開かれた状態であった地図に目を向けると、此処から〝ミナウラ〟まではそれなりに距離がある。とんでもなく運が良い人間でも無い限り、まず間違いなく向かう最中に魔物と出くわす事だろう。

つまり、アレか。

人手を寄越せ。

けれど、分かっているだろうが、魔物すら倒せない人間を人手とは言わないからな。……言い換えるならそんなところだろうか。

親父が間違いなく死ぬ。なんて言い草で話をしてくれていた理由はもしかすると、この部分に起因していたのかもしれない。

しかし。

「分かりました」

だからといって俺の考えは揺らぐ事はない。

瞳の奥に湛える熱量が弱まる筈もない。

その刹那の逡巡すら見られない俺の物言いに、地図を渡してくれた騎士の男だけは微かに驚いていた。

「私達はまだやらなくてはいけない事がありますので、それでは」

そう言って彼女は俺に背を向け、一歩一歩と何処かへ向かって歩き出す。

それに追従するように俺に視線を向けていた供回りの二人も程なく俺に背を向けた。

刻々と小さくなってゆく三つの背中。

数十秒ほどそれらを眺めていた俺は、夜闇に完全に紛れてしまった事を見届けてから空を仰いだ。

未だ若干雲に隠れる弦月。

己を照らしつける月光。

満月まで、というのであれば恐らく後二十日程度はあるだろう。この分だと多少ゆっくり向かったところで問題はない筈だ。

……ソフィアに謝罪の手紙を書いておくか。

そんな事を思いながら俺は空を見上げ、ジッと立ち尽くす。

視線は弦月に、ではなくそのすぐ側にて輝きを放ち続ける星に引き寄せられていた。

十二話

――――一体、何が本当なのだろうか。

ビエラ・アイルバークと別れ、渡された地図を片手に家へ戻ってきた俺は、手紙を書きながらふと思う。

一体、何が本当なのだろうか、と。

年月を重ねるにつれ、そう思うようになった。

この熱は、何処までが本物なのだろうかと。

ある人間は俺に言った。

どうしてそうも進んで傷付くと分かっている道を選ぼうとするのか、理解が出来ないと。

ある人間は俺に言った。

正気ではないと。

そしてある人間は、言った。

無骨な――――それこそ、一切の無駄を省き、ナニカを斬る事だけに特化した剣を振る俺の姿を見て言ったのだ。

お前は得体の知れないナニカに取り憑かれてるのではないのかと。

憧れて。夢に見て。

そして俺もそれになりたいと志して。

……理由としては至極真っ当であると思うのに、どうしてか、周囲からの賛同は無情なまでに得られない。

そして人間とは不思議なもので、周りからおかしいおかしいと言われ続ければ、いくら自身がおかしく無いと思っていようと、ほんの僅かな疑念が生まれてしまう。

……その疑念に、思考は塗り潰されていた。

「……ただ、これを貫き続ければ分かる気がするんだよね」

けれど、これだけは言える。

俺は、俺の意志でもって『星斬り』を志した。他の誰の意志が介入する余地なく、俺は純粋に憧れを抱いたのだと。

そもそも、『星斬り』を成す為にはひたすら手を伸ばし続けるしかない。たとえ『不可能』と幾ら言われようとも、己の『限界』を超えてそれすら撥ね除ける気概がなくては間違いなく届きはしない。だから。

「いや、違う。俺はこれを貫くしかそもそも道はないんだ」

とどのつまり、俺は強くなりたいのだ。

そして強くなりさえすれば自ずと『星斬り』にすら届き得る。俺の憧れが、真に、『星斬り』たり得たのだと証明する機会すら得る事が出来る。

……あぁ、分かってる。

はっきり言おう。俺はどこか他者とは感覚がズレているのだと。

そして価値観すらも異なっていると。

「……で、それを成すにはやっぱり機会が必要不可欠。自分より強いナニカの下に歩み寄らなければ、壁はいつまで経っても超えられやしない」

姿を目にして。

目が合って。

はっきりと理解した。

転がってきたこの機会を逃すべきではないと。

言ってしまえば、ビエラ・アイルバークは俺にとって黄金のように見えた。……彼女を取り巻く環境は、黄金のように価値があるものに見えたのだ。

「手本はある。……それも、極上の」

だから、今更何処ぞの人間にこうべを垂れて教えを乞うなんて真似をする気なんてものはどこにもありはしない。

何故なら、あの『星斬り』の技こそが至上であると他でもない俺が信じているから。

「だけど、俺と夢の中の『星斬り』とじゃ、決定的な差異があった。致命的なまでに俺に足りないものがあった」

――――それは経験と、知識だ。

夢の中で見て勝手に俺が得た記憶というものは一から百まで全てが闘争に関する記憶であった。

……天賦の才を持った男による戦闘の記憶であった。

あのオーガとの死闘によって学んだ事が一つある。

それは、俺とあの『星斬り』の男は決して同じではないのだという事。

そんな至極当然とも言える事実であった。

……俺が二年待った理由は、己の限界を知る為だ。『星斬り』を成す為にも、周囲に頼れる人間がいるうちに己の限界を知る必要があったから。

「だからこそ、手元に転がってきた極上の機会を取りこぼすわけにはいかない。……限界を知った俺が、限界を超える為にも。ろくに強くもない、俺だからこそ」

だから、ちまちま寄り道でもして壁を乗り越え、強くなってゆくしかないのだ。それを理解していたからこそ、この機会は限りなくお誂え向きであった。

「…………そもそも、俺が正気かどうかなんてものはどうでも良いんだよ。言ってしまえば、俺は『星斬り』が成せるならそれでいい。自分の『憧れ』が最強であると証明さえ出来れば、それでいい」

俺は知らしめたいのだ。

剣を振るって、『星斬り』の技が最強であるのだと。そんな童（わらべ）のような想いが根底であるからこそ、きっとその真偽が分かったところで、俺以外、誰にも理解されないだろうなあと苦笑いする。

部屋に設えられた窓に視線を向けると、そこには俺が映されていた。

視界に映り込む揺るぎない瞳。

……どうにも俺は、一度正しいと認めてしまった道は貫かないと気が済まない性格らしい。

我ながら実に傍迷惑で、ロクでなしだと思う。

そしてそれを貫く為に村の為でもあるからと言い訳を重ねようとしている。

「あぁ、本当に救いようがない」

ソフィアには愛想を尽かされるだろうなあと思いながらも、俺は渡された地図を握り締めていた。

「救いようがないと分かってるのに、でも、止まれない」

本能、とでも言えばいいのか。

自分の中の得体の知れない熱のようなナニカがひたすらにその行為を肯定し続けてるせいで疑う余地というものが殆ど消え去ってしまっている。

親父は死ぬと言った。

ビエラ・アイルバークのあの申し出を受け入れたところで間違いなく死ぬと親父は言っていた。

事実そうなんだろう。

親父は基本的に俺に嘘は言わない。

俺がどこまでも純粋で、度が過ぎた愚直な人間であると知るからこそ、嘘は滅多な事ではつきはしない。

だからきっと、本当なのだろう。

しかし。

けれども。

「『星斬り』を成す為の踏み台としては、ちょうど良い。死ぬかもしれないくらいが、ちょうどいい」

遥か遠くに位置する偉業であると理解しているからこそ、ちょうど良いと言えてしまう。

死ぬと言われたからこそ、逆に燃え盛る。

自分の事ながら、流石にこれは大馬鹿であるとしか言い表しようがなかった。

だから。

「ごめんな、ソフィア。俺、ちょっとだけ寄り道してくる」

そう言って、書いていた手紙を折り畳み、引き出しに仕舞う。いつまで経っても王都にやって来ないと知ればまず間違いなく、この引き出しは開けられるだろうから。

「あと————親父も」

掛けられた心配に背を向けるようなロクでなしでごめんよと心の中で呟きながら俺は服のポケットの奥へと渡されていた地図を押し込んだ。

◇◇◇

「……結局、無断で出てきちゃったなあ」

とは言うものの、考えれば考える程、王都に向かわないのであれば無断で家を飛び出す選択肢が何より俺にとって都合が良かった。

だから、

「だけどまぁ————これは仕方ない」

そう言って自分勝手に己の行動を肯定する。

ただ、本当に無断で家を出ると親父が慌てて追いかけて来る可能性も無きにしもあらずだったので、「星を斬るまで死ぬ気はない」とだけ置き手紙を残している。

恐らく、これで親父が追いかけて来る可能性は消えたと言って良い。

『星斬り』が絡んだが最後。

何を言っても俺はテコでも動かないと親父は誰よりも知っているだろうから。

「……この事は今は割り切って、〝ミナウラ〟にたどり着く事だけ考えないと、ね」

ポケットの奥に押し込んでいた地図を取り出し、内容を確認。

置き手紙を書き終えてからそのまま予め用意していた荷物袋を背負って家を出ている。

その為、辺りはまだ夜の世界から抜け切ってはいない。曙光(しょこう)が差し込むまであと二時間といったところか。

夜は、魔物の世界。

出てきてしまった以上、日が昇るまでは歩き続ける必要がある。あれだけの事を宣っておいて、道中の魔物に殺されでもしたら死んでも死に切れない。

「急げば恐らく一週間」

俺の暮らしていた村と、その辺りにある小さな湖。それらが地図に記載されていたお陰で〝ミナウラ〟までの距離は大体ではあるけれど把握する事が出来る。

故に、一週間。

「……ひとまず一日でどこまで進めるか把握しないと」

いくら満月までまだ時間があるとはいえ、悠長な事はしていられない。

幸い、〝ミナウラ〟までの道中に幾つか目印となりそうなものが地図に記載されている。

それを目安として今は進む他なかった。

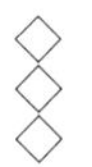

この世界において、人の命というものは比較的軽い存在だ。出会って、意気投合して、同じ釜の飯をかっ食らった友や家族が何らかの悲劇に巻き込まれ、次の日に命を落としてしまう。

――――どこにでもある事だ。

そんな言葉が当然のように口を衝いて出てくるのがこの世界。

悲しい出来事ではあるがさして珍しくもない。

魔物という人を襲う存在がいるこの世界では、別段珍しくもない惨劇である。

そして人の命が軽いが為に、乱暴を働く者も多々存在する。欲しいものがあれば殺して奪ってしまえ。などと考える連中が偶にいるのだ。

そう、例えば――――――賊であるとか。

「――――……凄いね」

気付けば、感嘆めいた言葉が俺の口からこぼれ出ていた。


家を無断で飛び出してから早、数時間。

既に外はすっかり明るくなっており、熱気を伴った日差しがこれでもかと言わんばかりに頭上から降り注ぐ。

そんな中。

〝ミナウラ〟へと歩み進める俺の視界に、本心から素直に凄いと、思わざるを得ない光景が映り込んでいた。

それは、数名の賊を相手に立ち回る一人の青年の姿。見る限り俺と歳はそう変わらないだろうに、その立ち回りは歴戦の剣士を彷彿(ほうふつ)とさせる熟練したものであった。

「……先を急いでんだ。そこ、どいてくれねぇかな」

気怠(けだる)げに目を細めながら青年は鞘(さや)に納められた剣を片手に言葉を並べ立てる。

彼の目の前には盗賊が……八名。

――――不味(まず)い。

そんな言葉がいの一番に思い浮かぶべき場面であるというのに、青年から焦る様子は一向に見受けられない。寧ろ、手間が増えたと言わんばかりに疲れ切った表情をつくってみせるだけ。
しかし、それが決して現実逃避をしたが故のものではなく、ましてや、中身のない虚勢でもない事は数瞬前に行われていた攻防で実際に相対していない俺ですら、否応なしに理解させられた。

彼がやった行為は避ける。受ける。

たったその二つだけ。

だけれど、彼の力量を判断する材料としてそれらは十分過ぎた。

「……手助けを、と思ったけど」

どちらが悪かなど一目瞭然。

だからこそ、俺は囲まれる青年の手助けをしに駆け出すべきであると考えたが、先の攻防でその考えはものの見事に霧散していた。

……恐らく、かえって邪魔になる。

木陰に隠れながら俺はそんな事を思っていた。

「一度目は見逃したし、忠告もした。これ以上邪魔するのなら相応の対応をこっちも取らなくちゃいけなくなる」

「オイオイ、言うじゃねえか。……まぐれが二度も続くとは思わねえこった」

蔑んだ言葉が青年に向けられる。

しかし、青年は一顧だにせず、亜麻色の双眸で呆れたように並ぶ賊を睨み据えるだけ。

そしてひと息。

相手に譲る気がないと理解して、つくづくと青年は呟いた。

「――――……はぁ。どうにも今日は厄日らしい」

面倒臭い事この上ねえと愚痴る青年であるが、その瞳は狩猟に向かう狩人そのもの。

猛禽類もかくやという烱眼で己が敵へと焦点をジッとあて続けていた。

そんな様を目の当たりにし、もし仮に俺があの青年と対峙する事があったならば果たして打ち勝つ事は出来るだろうかと考えて。

恐らく無理だろうねと判断し、俺は破顔する。村を出た途端にこれだ。

ビエラ・アイルバーク然り、世界はこれほどまでに広く、己の立つ段階を上げてくれるであろう機会がこれほどまでに溢れている。

だから、笑わざるを得なかった。

「……お前らがふっかけてきたんだ。当然だが、文句は受け付けねぇ」

悠然とした動きで、青年は手に掴んでいた鞘から剣を引き抜き――――中身の無くなった鞘を手から離し、地面に落とす。

視界に映る泰然とした立ち姿。

それが、手にする剣が決して見せかけだけのものではないと確かな説得力を持って俺に告げてくるのだ。

しかし。

強気の言葉の反面、どうしてか青年は剣を構えながらも一歩後退。

見方によれば逃げ腰になったとも取れるその行動。それを確認した賊共が、やはり虚勢だったかと勝手に納得し――――目を輝かせながら大地を蹴り上げ、青年へと殺到を始める。

（……上手い）

傍目から見ていたお陰で正しく判断する事が出来た。あの青年は臆したわけでも、虚勢を張っていたわけでもない。

――――釣ったのだ。

自分に賊が嬉々として殺到するように。

だから、腰が引けたかのように一歩後退した。

とすれば――――最早、結末など見え透いているようなもの。

そしてその予感は間違いでなかったと肯定するように、ぶん、と力強く鼓膜を揺らす剣風の音と、程なく舞い飛ぶ鮮紅色の液体。

一瞬にして死臭によって五感全てが埋め尽くされる中、その光景を前に、ぶわりと俺の汗腺が一気に開いた。

「…………は？」

聞こえる素っ頓狂な声。

それは斬られた賊の男によるものであった。

何が起こったのかが分からない。

そう言わんばかりに声が漏れ出ていた。

泣き別れした己の胴体を見遣りながら、断末魔の叫びすらあげられず、ごとり、と重量感のある音を残してその声は消え失せる。

「次」

剣を返し、再度ぶん、と傘の水を払うような血振りの動作を一度。

そしてその動作を隙と断じ、懐に入り込み、斬り込もうとする一人の賊がいたが、

「これは隙じゃねえ。あえてつくったんだよ」

鋭い右の脚撃が吸い込まれるように賊の男の鳩尾へと叩き込まれ、めきり、と軋む骨の痛みに顔を歪めながら目をせり出し、ボールのように後方へと二度、三度と大地に弾んで蹴り飛ばされてゆく。

飛ばされた先は角ばった岩が存在する場所。

ぐしゃりと何かが潰れる壊音がいやに耳に残った。

残るは、六名。

と。

思った瞬間、残りの五人の身体から噴き出すように一斉に血飛沫が上がった。

(今、あの人は何をした……？)

……ただ、ほんの僅かな違和感は抱いていた。

まるで、俺が剣を創造する時のような独特の感覚を。

タネがあるとすれば、恐らくは〝魔法〟か。

……ともあれ、威勢よく青年に話し掛けていた一人の男を除き、これで全員が凄惨に大地を彩る血に沈んだ。

思わず見惚(みと)れる程恐ろしい手際である。

「ま、待ってくれ!!! 違うんだ!!! 俺はただ、頼まれて――――!!」

「文句は受け付けないと、そう言った」

目の前の青年が己らの手に負えない怪物であったと今更ながらに理解をした賊の男が必死に言葉を並べ立て、命乞いを始める。

けれど、青年がそれに耳を傾ける様子は一切なく――――向けられた言葉に対する返答は、横薙ぎに繰り出される冷ややかなひと振りであった。

「…………はあ」

血振りの動作を一度。

地面に落としていた鞘に剣身を納めながら青年は深いため息を一度吐いてから
「それで、あんたはいつまでそこで隠れてるつもりだ」

分からないとでも思ったかと。木陰にずっと隠れていた俺に呆れの言葉が向けられた。

やはり、と言うべきか。

いくら不可抗力であったとはいえ、覗き見をしておいて、何事もなくはい終わり、とはなってくれないらしい。

「……隠れてて申し訳なかった。信じて貰えるかは分からないけど、俺に貴方を害する気はないよ」

木陰から姿をあらわしながら俺はそう口にする。だが、案の定と言うべきか。

青年は呆れたように口を尖らせるだけで俺の言い分なんてものを信じる様子はこれっぽっちも感じられない。

「なら、この場に居合わせた理由は？ ……分かってるとは思うが、ここはあまりひと気の多い場所じゃねえ」

それもその筈。

ここは森だ。それも、賊が待ち伏せて襲い掛かる絶好のポイントと呼べる程に、身を隠す場所に恵まれている。加えて、絶望的なまでのひと気の無さ。偶然居合わせたと言うには些（いささ）か理由としては無理があるぞと青年は言う。

しかし、いくら怪しまれようが俺がこの場に居合わせた理由は本当に偶然の結果。実際、それが事実なのだからこれ以外に言い訳のしようがない。

「〝ミナウラ〟に向かう途中だったんだ」

「……〝ミナウラ〟に？」

「村にお偉い王都の貴族様が来てね。税を上げられたくなかったら人手を出せと言うんだ。だから、その人手として俺が向かう事になった。だから、こうしてこの場所を通ってた」

「それが本当であると証明出来る証拠は」

そう言われて、俺は手にしていた地図を差し出すように彼へと突き付ける。

証拠と呼べるかは分からないけれど、それでもビエラ・アイルバークの供回りであった騎士から渡されたもの。少なからず〝ミナウラ〟に向かうという証明になるのではと思った。

「地図ならある。こんな上等な地図を理由もなく俺みたいな村人が持ってる筈ないでしょ？」

だから信じろと。

言外に告げながらも、興味尽きぬ目の前の青年に警戒心を向け続ける。信じて貰えないのならば、恐らく自ずと戦闘に発展する事は必至。

いつでも剣が抜けるようにと心掛ける俺であったが、その反面

「……確かに、それもそうだ」

口にした言葉に対し、思わず拍子抜けする程あっさりと、青年は納得の言葉をもらしていた。

「あんたが手にするその地図。そりゃ王国騎士の連中に支給されてるブツだ。確かに、本来あんたみたいな餓鬼が手にしていい代物じゃあねえ」

何より、奪うにせよ、とてもじゃないが奪えるだけの技量があんたにあるとは思えねえと、理由には少し文句を言いたくもあったけど、青年は納得をしてくれる。

「……ただ、〝ミナウラ〟というと、あんたも魔物の掃討か。此処で会ったのも何かの縁。折角だから有難い忠告をしてやる。〝ミナウラ〟に向かうのはやめておけ。あそこはあんたみたいな餓鬼が来ていい場所じゃねえよ。せめて後五年歳食ってから出直せ」

……あんたも。

という言い回しを選んだという事は目の前の青年も〝ミナウラ〟に向かうクチなのだろう。

確かに、彼の忠告は正論だ。

親父からも行くなと言われた。

ビエラ・アイルバークも〝ミナウラ〟に向かうと口にする俺を見て、心なしか何処か呆れていた。

けど――――関係ない。

己の技量。分相応。経験。しかし、関係ない。

今の俺には足りない物だらけだろう。

あぁ、分かってる。

そんな事は誰かに言われずとも、俺が一番分かってる。自分の事は一番自分が分かってる。

それでも関係がない。

俺の願望であり、夢ですらある『星斬り』の熱の前では全てが塵芥。

だから全てが関係ないと収束出来てしまう。

だから――――。

と、混濁とした思考に塗り潰される俺をよそに、出直せと口にした青年はいつの間にやら勘弁してくれよと、ため息混じりに髪を掻き上げていた。そして、掻き交ぜる。

「……なんだ、ワケありか」

無意識のうちに心情を発露させてしまっていたのだろう。漏れ出たそれを感じ取ってか、青年は毒気を抜かれたように呟いた。

「じゃあなんだ？　あんたもオレのように名をあげに向かうクチか？」

ほんの少し顔を綻ばせ、彼は言う。

けれどその実、その会話が打ち解けたからによるものではなく、何処か確認の為のものであると感じた俺は恐らく間違ってはいない。

「……これは名をあげたい、になるのかな。ともあれ、俺は親父達に恩返しをしたいし、強くもなりたい。その上で、今回の〝ミナウラ〟の一件は何より都合が良かった。ただそれだけだよ」

「あんたみたいな餓鬼が今の〝ミナウラ〟に向かっても十中八九死ぬだけとしか思えねえがな」

それはちゃんと、分かってる。

「だろうね。でもだからこそ、意味があると思うんだ」

「……あん？」

言ってる意味が分からないと彼は眉を顰める。

死ぬと指摘されてるのに意味があると口にする俺の本心が全く以て理解の埒外なのだろう。

そう思われる心当たりはある。

だから。

い、い、い、い、い。

ああ、ああ、好きに宣え。たとえ誰に何と言われても、俺の考えは変わらないだろうから。

「十中八九死ぬ機会の中で、残された一、二の生を掴み取る。そうでもしなきゃ、俺はいつまで経っても届きやしない」

記憶に残る『星斬り』の男の言葉を。思考を。技術をいくら真似ようと、壁を超える努力を怠ればただの張りぼてに成り下がる。

「だから、人から死ぬぞと言われるくらいが俺にとっては丁度いいんだ」

「成る程。言葉を交わしてよく分かった。あんたは賊共(こいつら)の仲間じゃない。理想に殉じようとするただのバカだ」

的を射てると思った。

ただのバカ。

あぁ、うん。

そう言われる覚えはあるし、理想を掲げる俺ですら時折思ってるよ。俺はバカであると。

だからこれと言って反論もしない。

「結論は出た。なら、話は終わりだ。あんたが賊でないのならオレがあんた相手に剣を向ける理由はねえ。疑って悪かったな」

若干早口にそう言って会話が切り上げられる。

そういえば、賊に対して先を急いでいる、と言ってたっけかと思い出す。

満月までまだ時間があるとは思うが、俺の目には眼前の青年が村人であるとは思えなかった。

どちらかと言うと、ロウやリレアのような冒険者と呼ばれる者の身なりに限りなく近い。

加えて、先程の賊に対する対応。

村人と言うには随分と無理があるだろう。

ならば、俺とは違うのも道理か。

と、思ったものの。

ひたすら地図を頼りに〝ミナウラ〟へ向かっていた俺とは全く異なる方向に「じゃあな」と言って進み始めた青年を見て、思わず言葉が口を衝いて出てしまう。

「……そっちは多分、〝ミナウラ〟に続く道じゃないけどいいの？」

片手をあげて立ち去ろうとする青年であったが、俺のその言葉を耳にしてピタリと足を止める。

「……まじで？」

ぎぎぎ、と壊れたブリキの人形のような動きをしながら彼は俺へと再度向き直った。

嘘だろオイッ、と刻々と変化してゆく表情が彼の悲痛な叫びを鮮明にあらわしている。

……この人、もしかして。

なんて考えが浮かんだ刹那。

「悪い。その地図、もう一度見せて貰ってもいいか？」

そう言って男は血走った目で俺が手にする地図を見詰めながら足早に歩み寄ってくる。

「……〝ラスカ〟って街で〝ミナウラ〟までの道を聞いた筈なんだが、中々たどり着かなくてよ」

本来ならもうとっくの昔に着いててもおかしくねえのに、と言いながら男は俺の持つ地図に視線をやり――――。

「――――あ、っ、アイツら……!!　オレが知らねえからって出鱈目教えやがって……!!!」

〝ラスカ〟は本来、俺達がいる現在地よりも〝ミナウラ〟に近い場所に位置する街の名前である。

だというのに、青年は近づくどころか遠ざかり、尚且つ、賊にまで絡まれていた始末である。

目も当てられないとはこの事か。

「……くそ、道理で幾ら進んでも森しか見えねえワケだ」

アイツらぶっ飛ばす。

そう意気込んで来た道を引き返そうとする彼であったが、

「……急いでたんじゃ？」

「そ、そうだった。……悪いな。何から何まで」

俺の一言によって我に返り、それじゃあ全部終わったらぶっ飛ばしに行ってやると物騒な言葉をもらす青年であったが、やはり向かった先は〝ミナウラ〟に続く道ではなくまたしてもトンチンカンな方角。

……きっとこの人アレだ。方向音痴の人だ。

そう思ってしまった俺の感想は間違いなく正しい。

そして直感的にこの人は多分、悪い人ではない。と、思っていたからだろう。

「……あの」

「……あん？」

「〝ミナウラ〟までで良ければ一緒に向かっても良いけど？」

その様子だとたどり着くまでに相当時間掛かるだろうし。

抱いた言葉を飲み込みながら、俺は彼に向かってそんな提案をしていた。

そして向けられる視線。それは、俺の持つ地図へと一直線に向かう。

「……ん」

考え込みながら青年の口から唸り声が聞こえてくる。次いで、程なく「成る程」と得心。

「つまり、あんたが案内をする代わりに、オレはあんたの剣になれと。そういう事か？」

至極当然だろう帰結を彼は声に変えて口にする。俺と彼は初対面の間柄。

何かを提示された場合、それはギブアンドテイクであると考えるのが正常である。

けれど俺は、その言葉に対して首を横に振った。

「まさか。別に俺はそんな事を望んでないよ」

若干苦笑い気味に破顔しながら言葉を返す。

「こんな事を言ったのも、強いて言うなら、貴方が悪い人には見えなかったから。そう心配せずとも、襲い来る魔物くらい自分で倒せるから」

「……随分な自信だな」

「当然じゃん。なんて言ったって、俺は『星斬り』だからね。星を斬る人間が魔物如きに立ち止まるわけにはいかないんだ」

立ちはだかる障害は全て斬り捨てる。

そのくらいの気概がなければ話にならないから。

と、胸中にて言葉を付け加えた俺の鼓膜に、一つの笑い声が届いた。

そしてその声は、弾けでもしたかのように段階を踏んで大きく轟いてゆく。

「くっ、は、はハッ、ははは！　アハハハハハハハハ!!　星斬り？　なんだそりゃ。あんたはまさか、空に浮かぶアレを斬ろうとでも言うのかよ？」

その哄笑に対し、むすっ、と顔を顰める俺であったが、残念な事にそう言われ笑われる覚えはある。

そして、沈黙は即ち肯定だ。

「これでも二十五年生きてきたが、そんな事を宣う奴には初めて出会った。……だからこそ、先達として言ってやる。分を弁えなければ待ち受けるのは死のみだぞ」

「言われずとも分かってるよ。分かってるからこそ宣うんだよ」

それ即ち、己が分を弁えた上で、『星斬り』などという与太としか思えない行為を出来ると言い切っているという事実に他ならない。

事実出来ると俺は信じている。

俺には唯一無二の『星斬り』の男の記憶があるのだから。だから決して、不可能ではない。

「……はっ、折角オレが親切に忠告してやってんのに聞く耳持たずか」

「聞いてる。ちゃんと聞いてる。貴方の言葉を聞いた上で俺はそれでもと、ただ〝ミナウラ〟に向かおうとしてるだけだよ」

「それを聞く耳を持ってねえって言うんだよ」

はぁ、と青年は何度目か分からない嘆息をする。

「……認めたかねえが、友人曰くオレは方向音痴って呼ばれる人間らしい。案内してくれるってんならその厚意に是非とも甘えさせて貰いてえんだが、本当に、オレはお前を守らなくていいんだな？」

「二言はない」

「はっ、即答かよ。ま、その意気や良し。あんたの威勢だけは買ってやるよ」

思わず苦笑い。

俺のあまりの潔さに彼は笑みをこぼしていた。

「分かってるとは思うが、〝ミナウラ〟に近づけば近づく程魔物は多くなる。戦闘は間違いなく避けられねえ。……死んでもオレを恨んでくれるなよ」

「再三に渡ってそう確認を取らなくてもいいよ。この考えは何と言われても変わらないから」

「……ったく、餓鬼のなりして可愛げのねえやつ」

やはり、目の前の彼は悪い人間ではないのだろう。事実、こうして良いのか？　良いのか？　と言葉を変えて確認を取ってくる。

……恐らくそれ程までに彼の目から俺という人間は頼りなく見えるのだろう。

「そんな事言ってっと、手え貸してやんねえぞ」

同時に。

がさりと葉擦れの音が俺の耳にも届いた。

直後、脳裏に浮かぶ一つの可能性。

周囲に充満する鉄錆に似た死臭を嗅ぎながら、事切れた賊共の亡骸に目を向ける。

――――魔物は、血に聡い。

二年前の失態。

ゴブリンの血を棒切れに付着させてしまっていたせいでオーガを誘き寄せてしまったあの光景が不意に思い起こされた。

「────魔物」

その言葉を口にした瞬間、俺の表情から笑みが反射的に抜け落ちる。右の手は腰に下げる剣の柄へと向かい、静かに握り締めた。

「へぇ？」

魔物など度外視と言わんばかりに俺の挙措をジッ、と見詰める青年はどこか感心したように声をもらす。

「で、どうするよ。オレとしては案内役をここで失いたくは────」

けれど俺は彼の言葉にこれっぽっちも耳を貸す事なく、視線の先に隠れているであろう魔物へ限界まで圧搾した警戒心を向ける。

そして体重を前へと傾け────後方へ土塊を蹴飛ばしながら、跳躍。

「────ねえから、っ、て、オイ!?　オレの話ちったあ聞いてけよ!?」

はぁあっ!?　と、声をあげる青年であったが、魔物に対する俺の姿勢は先手必勝。

相手から仕掛けられる前に虚を衝いて攻め切ってしまうというもの。

故に。

「多分、ここらへん」

言葉にするが早いか、腰に下げていた剣を引き抜き、それを逆手に持ち替える。

そしてぐぐ、と槍投げの要領で右の手を引き絞り――――それを投擲。

「はぁぁあっ!? あんた、っ、底無しのバカとは思ってたが、自分の武器を手放すって頭おかしいにも程があんだろッ!?」

後ろで青年が何してんだあんた!! と悲鳴のような叫び声をあげていたが、やはりこれも度外視。

何故ならば、俺の得物（剣）は己の側に常に存在している魔法（もの）であるから。

次いで、投擲した剣が大地に突き刺さるや否や、その付近で身を潜めていた魔物の気配が音を立ててその場から散開。

数は――――五か。

「ごめんっ! そっちに二体行った!! 魔物は四本足!! 多分、ウォルフ!!」

要らぬお世話であると知りながら、慌てて俺は大声を上げた。

四本足の肉食獣。

人の手足など容易（たやす）く噛みちぎるその魔物の名は――――ウォルフ。

恐らく賊共の死臭に誘われてやって来たのだろう。あの青年の恐るべき技量に気を惹かれ、完全に失念していた。

親父からも、死臭のある場所で数十の魔物に囲まれて尚、倒し切れる自信がないのであれば、出来る限り遠ざかれと口酸っぱく言われていたというのに。

「いや！　それは構わねえが!!　それよりあんた、剣が今ねえだ――――ろ……？」

しかし、必死の形相で心配する青年の言葉とは相反して、俺の手には投擲された筈の剣が既にある。だからなのだろう。

彼が途中で言葉を止めてしまったワケは。

「一体くらい突き刺さってくれても良かったのにさあ。やっぱ、そう上手く事は運ばない、か」

ウォルフは素早い魔物だ。

狙いを定めれば必ず当たってくれる。なんて生易しい魔物ではない。そして現に、投擲した剣は虚しく大地に突き刺さっている。

「……い、や。十分上手くいってるとこれは捉えるべき、だね」

散開した五体のウォルフ。

その三体が俺に狙いを定め、一斉に草陰から飛び出して襲い掛かって来る。

いつも通り、俺目掛けて一直線に肉薄して来ていた。

「いくら素早いとはいえ、狙いが単調なら対処のしようがある」

特に、先手を取られるとウォルフに限らず知性の低い魔物は決まって直線的に襲い掛かって来る。予め直線的と分かってさえいれば此方にも対処のしようがある。

若干身体を屈め、一瞬で創造した剣を地面に滑らせるように。

そして跳躍した勢いを乗せながら――一閃。

ごり、と骨を斬る独特の感触が剣から手に伝い、少しだけ眉を顰めながらも、振り切る。

続け様、手首を返して再び一閃。

転瞬、二つの首が、同時に宙に飛んだ。

「ん」

一呼吸のうちに、更に死屍累々。

確実に三体の魔物の首を飛ばした事を確認してから、肩越しに後ろを振り向くと案の定と言うべきか。魔物を始末し終えていた青年の姿が視界に映り込んだ。

鼻腔をくすぐる鉄錆と肉塊の臭い。

凄惨に大地を彩る赤色と相まって不快さが天井知らずに上昇してはいるが、この二年でそれなりにもう慣れていた。

「……こりゃ驚いた。村人の癖してあんた、〝魔法使い〟か」

成る程。

あれ程の自信はその〝魔法〟の存在があったからこそなのかと。剣身が赤く染まる俺の得物を見遣りながら青年はそう言った。

「確かに、戦い方もそうだがアレ程なら、オレの言葉は要らぬ節介だったな」

ウォルフは決して強い魔物ではない。

強さでいえば二年前に出くわしたあのオーガの方が何十倍も強い。

それでも、目の前の青年が要らぬ節介だったと言葉にした。

その理由は恐らく、手際の良さが理由だろう。

「案内してくれるってんなら、と思っててっとり早く恩を返そうかと思ったが、この様子だと不要らしい。だから、この件についてはいつか恩を返させて貰うとする。―――今更だが、オレの名前はシヴァ。ただの剣士だ」

随分と強いただの剣士だなと思いながらも、シヴァに倣うように俺も名乗り返す。

「俺はユリウス。『星斬り』を目指すただの剣士だよ」

「はっ。……それはあえて言わずとも、さっき聞いた」

やはりどこか呆れながらも、シヴァは俺の発言に笑みを向ける。ただ、先程までの棘のようなものはすっかり消え失せていた。

「んじゃ、次の魔物がやって来る前に早いところ、案内を頼むわ―――ユリウス」

十三話

人を襲う存在である————魔物。

彼らはこの世界において、ありふれた存在だ。

そんな彼らは一体どうやって生まれているのか。答えは簡単である。

魔物は、〝瘴気(しょうき)〟から生まれる。

空気中に存在する〝瘴気〟。その集合体が何らかの姿を象(かたど)り、魔物としてこの世界に根を下ろして生きているのだ。

「————別名、〝呪われた街〟。他じゃ〝ミナウラ〟はそう呼ばれてる」

他と比べ、特別〝瘴気〟の多い街————〝ミナウラ〟はそれ故に魔物が多く、〝呪われた街〟と呼ばれているのだとシヴァは隣を歩く俺に向けてそう言った。

「〝瘴気〟が多いって事はつまり、魔物の質も通常とは異なって段違いに強(つえ)え。〝ミナウラ〟に向かい、死んだ奴の大半はその差異のせいで死んだって話だ」

〝瘴気〟が多ければ多い程、生まれる魔物の質は上がる。

〝呪われた街〟とまで呼ばれる〝ミナウラ〟付近で生まれた魔物である。

その質は推して知るべし。

「だからこそ、名をあげる場としてはこれ以上なく都合が良かった。あの〝ミナウラ〟で魔物の掃討に加わり、オレは名をあげる。そろそろ、色々と無名ってのもしんどくなってきたんでな」

そう言ってシヴァは、ぽんぽんと軽く腰に下げる剣の柄に触れた。

「名剣――――グラシア。こいつの名がオレの名より売れてるせいであーやって頻繁に賊に狙われる羽目になってるってわけだ。そろそろ、得物に負けねえくれえオレの名も轟かせておきてえと思ってよ」

「へぇ」

俺が村から出て来たばかりの世間知らずと知ってか。シヴァはそうやって〝ミナウラ〟に向かう道中に頻繁に話を振ってくれていた。

これまでの話から判断するに、恐らく、村にやって来ていた冒険者であるリレアやロウが言っていた「変異種」。

それが常に〝ミナウラ〟では当て嵌まると考えた方が良いのかもしれない。

「ところで、ユリウス」

「うん？」

「ずっと不思議に思ってたんだが、あんた一体、その剣は何処で、誰に習った？」

ウォルフの一件以降。

数回に渡り、魔物と出くわしては斬り伏せて来た俺とシヴァであるけれど、俺の剣――――つまりは、技や立ち回りが気になっていたのだろう。

そんな質問を不意に投げ掛けられた。

「村人と言うから我流かと思えば、それにしちゃ、些か完璧過ぎる。かと言って誰かに習ったのかと思えば……そこまで斬る事に磨きがかかった剣を教えられる人間がとてもじゃねえが、そこらにいるとは思えねえ」

〝斬る〟という行為にのみ、心血を注いだ結果、生まれたような剣技。

身体の負担なぞ、〝斬る〟という行為の前では些細な事でしかないと究極的に割り切った剣だなと、褒めてるのか貶(けな)しているのか判断がつかない言葉が俺の鼓膜を揺らす。

……本当に、シヴァの言葉の通り過ぎてすぐには返す言葉が思い浮かばなかった。

そして数秒ばかりの黙考を挟み、

「良いでしょ？」

にぃ、と喜悦ここに極まれりと言わんばかりの笑みを俺は浮かべる事にした。

『星斬り』のあの男の記憶は俺だけの唯一無二。たとえ誰であれ、あれだけは奪う事も、見る事も出来やしない。文字通り、本当に俺だけに許されたものである。

故に、良いだろ？　と俺は宣うのだ。

「でも、いくら羨んでもこれだけは教えてあげられないよ。なにせ、俺の剣に関する全てを教えてくれた人はこの世界にはいないからさ」

死んでいるだとか、それ以前の問題。

そもそも彼はこの世界の住人ですらない。

俺が知る限り、この世界に『星斬り』という行為に人生を捧げた人間がいるなんて話は聞いた事がない。つまり、それが答えである。

「…………」

悪い事を聞いてしまったと後悔をしているのだろう。シヴァはあからさまに表情を曇らせた。

ここで、死んでいないとちゃんと言ってあげるべきなんだろうが、夢で見た剣士が己の師であるからと言って誰が信じてくれるだろうか。

仮に、信じてくれる人がいるとすればそれは恐らく、ソフィアくらいのものだ。

だからシヴァには悪いけれど、このまま勘違いをして貰う事にした。

「それもあって、俺は『星斬り』を成したいんだ。あの剣士の技は真に、星に届き得るものだったんだって、代わりに証明をしたいから」

俺の憧れは、星にすら届き得る最強（規格外）であったのだとどこまでも知らしめたいのだ。

「……はん。成る程、そういう事かよ。理想に殉じようとする馬鹿は馬鹿でも譲れない確固たるモノを持った馬鹿だったたってわけだ。いいじゃねえか。そういうのは嫌いじゃねえ」

寧ろ、オレ好みであると。

俺の抱く思想が、シヴァの琴線に触れたのだろう。喜色に相貌を歪め、彼は呟いていた。

そしてならば、これ以上の確認は無粋かと力なく笑い、

「そんだけの理由があるってんなら、これ以上は何も言わねえ。あんたくれぇの餓鬼が死地に向か

うってんなら先達として殴りつけてでも止めてやろうかと思ってたが、やめだやめだ。そんだけの覚悟があるやつを餓鬼とは言わねえ。それじゃ、ま、――とっとと魔物をぶっ殺して、一つ、名ぁ、轟かせるとするかぁ!!」

乱暴に、言葉を叫び散らす。

そんな俺達の目の前にはどでかい傷だらけの古びた壁があった。

天高く聳え立つ壁がそこにはあったのだ。

そして――。

「――門番なら、きっちり〝ミナウラ〟から出て来たやつは殺しとけよ。なぁ――〝刺し貫く黒剣(グラディエーダ)〟」

紡がれる――魔法解。

転瞬、地面から漆黒の剣が生え――そしてそれはどこまでも天高く伸びる。

シヴァ曰く、彼の魔法は俺の魔法ととても似通っており、能力は任意の場所に剣を生み出す事。

ただ、彼の魔法は一時的に生み出すだけのものであって、俺のように己の得物として使う事は出来ないらしい。

直後、どさり、どさりと音を立てて落ちてくるナニカ。それは翅(はね)を持った虫型の魔物であった。

「魔法、使い……っ」

「何驚いてんだか。今時、魔法使いなんてさして珍しくもねえよ。あんたらのとこの〝戦姫〟やオレ。それに、ここにいるユリウスだって使える。珍獣扱いすんじゃねえ」

聳え立つ壁。

その付近に立ち尽くす数名の門番らしき男を呆れ混じりの視線で見据えながらシヴァは言葉を唾棄した。

そしてそのまま彼らの下へと歩み寄る。

「どいつが持ってるのかは知らねえが名簿、あんだろ？　……さっさと出してくれ」

一瞬、名簿？　と頭上に疑問符が浮かぶがそれも刹那。

「……ユリウス。あんた、一応、招集されたから〝ミナウラ〟に来たって事にしてんだろ？　だったら、まずはそれ終わらさねえといけねえだろうが」

〝ミナウラ〟にたどり着いたら、呼び掛けに応じた事にする、と言っていたビエラ・アイルバークの言葉が思い起こされる。確かに、何かに俺が来たという痕跡を残しておかなければ折角の行為が無に帰してしまう。

「国ってところは意地きたねえ事を平気な顔でするが、その反面、絶対に無理と断じてる事に関してはどこまでもきっちりしてやがるからな」

過去に何かがあったのか。

忌々しげに言葉を並べ立てるシヴァをよそに、事情を察した門番の男は苦笑いしながら「……村人がここに来るとは命知らずだな」と言って俺に名簿のようなものを差し出してくる。

渡された名簿に視線を落とす。

それは、騎士から渡されたものと同じ地図が描かれた上質な紙であった。

「村の場所は分かるだろう？　そこに魔力印を押してくれればいい」

魔力印。

それは、この世界において契約を書面で交わす際に必要とされるものである。

リレアからいつか王都に来るなら必要になるからと言われ、村にいた頃に押し方は教えて貰っているので俺は言われるがまま、己の村の場所に親指を押し当てた。

「どうせ他の村の連中は来られねえ。どでかいの押してやれ」

そう言って楽しげに笑うシヴァを横目に見ながら、俺は魔法を扱う時と酷似した要領で紙へ印を押した。

「これで、村の税が上がる事は無くなったが、ユリウスも後に引けなくなった」

「俺は幼馴染みとの約束を破ってまでここに来てるんだ。今更引き返す気はこれっぽっちもないよ」

「……ったく、悪（わり）ぃやつだ」

『〝ミナウラ〟での魔物の掃討ってのは、何も全部の魔物を倒す必要はこれっぽっちもねえんだ』

シヴァは言っていた。

『そもそも、〝ミナウラ〟に蔓延する通常よりもずっと濃い〝瘴気〟を払う事なんて土台無理な話だからな』

　全てが払えない時点で魔物を根絶するという行為は不可能であると彼は指摘する。

　とすれば、〝ミナウラ〟で行われている魔物の掃討。それはどうすれば終わるのだろうか。

『だからオレ達は〝ミナウラ〟のどこかに潜んでやがる魔物の頭を殺す必要があるんだ。早い話、そいつさえ殺せば、取り敢えずまた一年程度の平穏がやってくる。定期的に生まれやがるとんでもねえ魔物を倒し、新たにそれが生まれ、また倒し、新たに生まれ。言っちまえば、その繰り返しなのさ。簡単だろ？』

　魔物を殺しても意味がないとは言わない。

　けれど、どこかに潜んでいる魔物のリーダー的存在を殺さない限り、この掃討に終わりはやって来ないぞとシヴァは俺に教えてくれていた。

　〝ミナウラ〟とは他から言われているようにまごう事なき——〝呪われた街〟である。

　他よりずっと空気中に存在する〝瘴気〟の密度が高いせいで定期的にこうして掃討の段取りを組まなければ、隔離する為に存在しているであろう傷跡だらけの壁すら食い破って魔物が他の村や街へと襲いに向かうからだ。

　ただ、それに関する対処の仕方は既に確立されており、シヴァ曰く、魔物共の頭を殺せば何とかなるらしい。

　そして。

『最後に一つ、オレからの有難い忠告だ。間違っても、ユリウスの常識が〝ミナウラ（ここ）〟で通用するとは思うんじゃねえ。頭部を飛ばせば息絶えたと判断する常識も捨てとけ。いいか、あのくそ貴族は伊達に死神と呼ばれてねえ』

くそ貴族とは恐らく、〝戦姫〟――ビエラ・アイルバークの事なのだろう。

文字通り、死をすぐ側に感じられる場所であると。シヴァは一方的にそう俺に告げてから〝ミナウラ〟に足を踏み入れるや否や、「ここでお別れだ」と言って俺達は別れた。

「――――酷いねこれは」

〝ミナウラ〟の街並みを見回しながら、俺はひとりごちる。

焼け焦げたような廃墟がそこら中に立ち並んでおり、所々血のような跡が散見。

心なしか、空気もずしりと重くなったような気にすら陥る〝ミナウラ〟の街。

ただ、いくら高く聳え立つ壁に外から隔離されているとはいえ、入り口付近はまだぽつぽつと人の姿が見受けられた。

「街というより、これはもう戦場かな」

びゅう、と吹き散らされる灰のような、砂礫のような何か。続くように、焼け焦げた独特の臭いが俺の鼻腔をくすぐった。……あまり、好きにはなれない臭いである。

「…………冒険者か。一人で来るとは命知らずだな」

足を止め、〝ミナウラ〟の景色を確認する俺を見て、どこからか侮蔑の声が上がる。

恐らく、俺の幼い容姿がその感情を助長してるのだろう。「たまにいるんだよ、お前みたいな勇敢と蛮勇の言葉の意味を履き違えた馬鹿が」なんて言葉が幻聴されたが、きっとそれは俺の勘違いではないと思った。

声の発声源は何処だろうかと見回し——発見。

少し離れた場所で、壁に凭れ掛かり、包帯を巻かれ手当てをされている足を伸ばす中年程度の男性が俺の視界に映り込んだ。

親父よりも少しだけ歳上だろうか。

忌々しそうに俺を見詰めるその男は、痛みに蝕まれているのか、苦悶の表情を浮かべながらもひたすら俺に呆れの感情を向けてくる。

「騎士、か」

男の身なりから俺は男の正体を端的に断定。

「忠告は有難く受け取っておくよ。なにせ、王国の騎士様からの忠告だからね」

きっと、俺よりもずっと戦闘経験のある人間からの有難い忠告である。だから胸に留めておくくらいの価値はあると思った。

ただ、俺に話しかけた人物がたとえ誰であれ、これからの予定に一切の変更はない。

嘗て、ある埒外の『星斬り』の修羅は語った。

――ひたすらに、強く在りたいと。強くなるのだと渇望し、手を伸ばし続ければ、いつか到る事が出来ると思った。

そんなとんでも過ぎる理屈を当然のように語っていた。そして、そんな人間に憧れを抱いてしまったのが俺という命知らず（人間）。

強くなるにはこうするしかないのだという極端に偏った知識しか無いが為に、そもそも信じて疑っていない。

掲げた目標に到る為にはこうするしか手段は無いのだから仕方がないじゃんとどうやっても帰結してしまうのである。

故に、言葉を投げかけてきた男から視線を外し、再び足を進めようとした。

「……どういう経緯で〝ミナウラ（此処）〟へ来たのかは知らんが」

忠告一つでは気が済まなかったのか。

負傷した騎士の男は更に言葉を付け足そうとして。けれど、どうしてか、言い終わるより先に口を閉ざしてしまう。

どうしたのだろうかと感想を抱いた直後。

濃く深い〝黒〟が俺に被さった。

それは、影だった。

大きな、大きな影であった。

「チ、ィ……────ッ!!　あのクソ野郎が反応したって事はお前、魔法使いか……!!　お、ぃっ!!　そこからさっさと逃げろ!!!　命知らずッッ!!!」

舌を鳴らす音。

次いで、怒声。

言うなれば、それは〝呪われた街〟と呼ばれた〝ミナウラ〟からの俺への洗礼だったのかもしれない。

俺を覆った影は、二年前に相対したオーガですら優に上回る程の大きさであった。

そして気付けば、半ば反射的に飛び退かんと俺の足が動いていた。

程なく、俺のいた場所が鋭利な何かで貫き穿たれる。それは────何かの爪であった。

「……ま、じかっ」

いきなりの戦闘開始。

そのあまりの容赦のなさに苦笑いをもらさずにはいられない。

はっ、と顔を上げると、そこには背中から翼を生やした巨大な化け物がいた。

前の脚による一撃は、容易く地面を砕き割っている。もし、反射的に動けていなかったら、俺がどうなっていたかなぞ、想像に難く無い。

体格差は歴然。

普通にやっては勝てないだろう。さあどうするか、と一瞬のうちに次に起こすべき行動を考える。

そんな折、

「何してんだお前ッ!!　ここからさっさと離れろクソ餓鬼!!!　その魔物を〝ミナウラ〟の外に出す気かお前はッ!?」

悲鳴のような怒号が再び俺の鼓膜を揺らした。

「その魔物(クソ野郎)は魔法使いに反応する変異種だ!!!　いいからとっとと奥へ走れッ!!!」

魔法使いに反応する変異種。

そんな話は冒険者であるリレア達からも一度として聞いたことはない。

けれど、ふと、常識も捨てておけと忠告してくれたシヴァの言葉が脳裏を過った。

……成る程、そういう事なのかと今更ながらに言葉の意味をきちんと理解する。

こんな俺の十数倍はあろう魔物(化け物)がもし、俺の村にでも向かってみろ。

……後悔してもしきれない事態に陥る事は容易に想像が出来た。故に、

「————分かっ、た」

騎士の男の言葉に従う選択肢を選び取る。

現に、大声を叫び散らし、足を負傷して身動きが取れない騎士の男には目の前の化け物は全く反応を見せていない。

ぎゅうぅ、と絞られた猫のような双眸はじっ、と俺だけに焦点をあてている。

だから、向けられた言葉は真実であると判断。

「だけ、どっ！　自分で望んだ事とはいえ、初めからでかい壁過ぎないかなあっ⁉」

泣き言のような言葉をもらしながらも、腰に下げる剣すら手にしていない無手となっている両手を開き――

「――〝刀剣創造〟」

魔法を行使。

直後、光の粒子が生まれ、手元で集約。

短剣が形取られ、程なく手の中に収まる一対の短剣。

――ひとまず、逃げるにせよ目を潰す。

焦燥感に駆られる中で、最適解と思える行動を正しく認識。あの図体だ。

斬る事は骨が折れるだろうが、しかし刺し貫くだけであれば。

「これ、でもッ!!　食らっとけ――っ!!!」

駆け、逃げ出そうとする挙動をほんの一瞬だけ見せてから――俺はぐるりと身体を再度反転。

その動作の勢いすら利用し、手に握る短剣を右、左の順に投擲。

放り投げられた短剣は狙い過たず、魔物の双眸へと向かい――けれど、ガキン、とやがて聞こえてきた硬質な音によってそれは阻まれてしまったのだと理解。

タネは分からない。

だけれど、眼球を刺し貫く手前で何か、見えない障壁のようなものに投擲した短剣は弾かれていた。

「……そう都合よく事は運ばない、って？」

仕掛けた事により、一層強く向けられるようになる殺意。敵は翼もある上、そもそもどんな能力で、何の魔物なのかすら分からない現状。

これは流石に不味いかと。

一旦この場は退くべきだ。

そう結論付けた俺は、流石は〝呪われた街〟と称賛を向けながら、苦笑いを浮かべた。

十四話

「だぁぁぁあ!!!　翼が鬱陶し過ぎるっっ!!!」

時に、ひしゃげた建物に身を潜めながらも、あの投擲が効かなかった事を踏まえてどう対処したものかと悩みながら俺は駆け走り続けていた。

とどのつまり、斬ればいいだけの話なのだが、あの化け物が翼を使って自由に飛び回っている以上、心血を注いだ一撃を撃ち放っても敵に届かない可能性が高過ぎる。

リスクリターンを踏まえた上で物事を判断するなら、とてもではないが身体に極端な負担を強いられる『星斬り』の技は使えない。

どれだけ優れた一撃だろうと、当たらなければそもそも意味がない。

「……火ぃ吐くわ、飛び回るわ、好き勝手建物ぶっ壊しまくるわ、厄介にも程があるでしょ……っ!」

〝ミナウラ〟の入り口から離れんと走り続ける中で俺に狙いを定める魔物の手札は徐々に明らかとなっていた。

まず、翼が生えている。

機動力の良さは勿論、上空を飛べる為、天井が吹っ飛んだ廃墟ばかり立ち並ぶ〝ミナウラ〟において、隠れる場所は殆ど皆無。

そして何と言っても、火を吐く。

口から火炎を放ちやがるのだ。

極め付けに痛みに鈍いのか、建物にぶつかろうと進むと決めたならばひたすら直進をしてくる。

その為、廃墟が立ち並ぶ入り込んだ場所に途中、逃げ込んでみた俺であったけれど、その建物に身体ごと突撃し、破壊してまで俺を追いかけてきた。

最早、手のつけようがない暴走具合である。

「……手っ取り早く倒すのなら、やっぱり何か策を講じてあの機動力を削ぐしか無いんだけど……」

自由にびゅんびゅん飛び回るあの魔物(化け物)を尻目に俺は呟く。

けれど、一向に解決策は浮かばない。

シヴァのような魔法が使えていたならば。

そんな事を一瞬ばかり思ってしまうが、今ここで無い物ねだりをしても仕方がないのは言わずもがな。故に、小さくかぶりを振り、肺に溜め込んでいた息をはぁ、と吐き出す。

「生憎、頭の出来は良い方じゃあなくてね」

ざり、と音を立てて地面を踏み締め足を止める。走る事十数分。もう十分だろうと判断し、俺は背後から迫る魔物へと再び向き直った。

「小難しい作戦を立てようとすると俺の場合、頭がパンクしちゃうんだ。だから――――」

だからやっぱり、真正面から立ち向かって斬るしか無いんだよねと、胸中で自分の能力に対して呆れながら――――静謐に、哮る。

「――――お望みどおり、相手してあげるよ。何の理由があって魔法使いを狙ってるのかは知らないし、どうして俺なのかもどうでもいい。ただ、ただ、糧になれ。お前は、『星斬り』に到る為の、俺の糧にする――――っ!!!」

食らうか。食らわれるか。

俺に用意された選択肢は二つに一つ。

ならば、選び取る選択肢は決まっている。

さぁ――――来い。

馬鹿正直に俺に突っ込んでこい。

翼のない俺があの魔物へ攻撃をまともに直撃させられるとすれば、恐らく無防備に突撃してくる一度目のタイミングのみ。

腰に下げていた無骨な剣を右の手で引き抜きながら、俺は喜悦に口角をつり上げる。

次いで、切っ先を一度地面に向けてから、タイミングを計る。

「――――!!!」

言葉にならない雄叫びが上がっていた。

鼓膜が破れてしまうのではと思わず懸念を抱いてしまう程の大声量。

馬鹿正直に立ち向かおうとする俺に対し、舐め腐りやがってと怒ったが故の威嚇だったのかもしれない。

だけど、それで頭に血をのぼらせてくれるのであれば、僥倖(ぎょうこう)。願ってもない展開である。

思い浮かべるは、『星斬り』の御技。

使うたび、撃ち放った側の人間である俺の腕が威力に耐え切れずに折れてしまうという結果に幾度と無く見舞われてきた一撃。

「は、ぁ――――っ」

俺は、大きく息を吸い込んだ。

オーガの時は無我夢中過ぎて気付けなかったが、この一撃の威力は込めた魔力に依存する。

しかも、俺の魔法である――〝刀剣創造(クリエイト)〟はまるで『星斬り』の技を放つ為だけにあるのではと錯覚する程に魔力伝導があまりに良過ぎた。

故に、その威力は推して知るべし。

程なく俺は大地に向けていた切っ先を移動させ、上段に、空へと向け直す。威力は落ちるがそれでも、腕が折れないようにと気に掛けながら魔力を流し込み、

「手、足っ、纏めて千切れ飛べッ――――」

僅かに発光を始める剣身には目もくれず、恐ろしい速度で間合いを詰めてくる魔物(化け物)へ焦点をあて

ながら、ダンッ、と力強く音を立てて大地を踏み締める。

鉤爪を俺目掛けて伸ばし、引き裂こうとする魔物へ「馬鹿が」と言わんばかりの嘲弄を顔に貼り付けて――――次の瞬間、手にする無骨な剣で孤月を描いた。

輝きの伴うそれはまるで、夜空に煌めく、

「――――〝流れ星〟」

振り下ろすと同時に、宙に描かれる三日月の軌跡から斬撃のような一撃が眼前目掛けて撃ち放たれ――――それは獰猛に魔物へ牙を剝き、強く突き立てる。

これ、は、間違いなく致命傷……っ!!

思わず歓喜に身が震えた。

逃げるだけしかできないと思っていたが故に生まれた侮り。それをものの見事に突いた一撃。

本物とは隔絶した劣化ではあるが、それでも致命傷は避けられない。

そう勝ちを確信する俺のすぐ側から、颶風を伴ってもう一方の鉤爪がやって来る。

その速さは、先程の数倍以上。

最早、目視出来た事が奇跡とさえ言えた。

「嘘だ、ろごッ――――!?」

反射的に振り下ろしていた剣を盾に、防御を試みるが、コンマ数秒間に合わない。

直後、左の腕がみしり、と悲鳴があがった。

迫り来る爪は皮膚を食い破り、骨へと到達している。その上、恐るべき勢いで放たれた一撃は小柄な俺の身体をいとも容易く右方向へと投げ飛ばす。

痛みに声をあげる暇すら、そこには存在していなかった。


常識も捨てとけ。


……シヴァのその言葉をちゃんと理解したと思っていたが、どうやら認識が甘過ぎたらしい。

放り投げられたボールのように大地に幾度として弾む身体。足を地面に擦り付けてるのにそれは一向に止まる様子はなく、そんな中、辛うじて目視出来た——先の〝流れ星〟を真正面から食らった魔物(化け物)の成れの果て。

身体の右半分。

約三分の一ほどが攻撃によってズレ落ち、その断面すら覗かせてるというのに、痛みに身を竦める事なく即座に反撃を仕掛けてくるその冷静さ。

……常識外れにも程がある。

「ぁ、ぐ」

胸中で毒づきながら歪に生える木の幹に身体を打ち付けられ、漸くの停止。

「かんっ、ぜんに下手、うっ、た……」

連撃猛攻で仕留めるべきであった。

腕に多少の負担がかかろうとも、〝流れ星〟を立て続けに、それこそ、一瞬の暇すら与えずに。

しかし、今後の。

シヴァの言う魔物共の頭と戦うならと考え、出し惜しみをしてしまった。そんな余裕なぞ、今の俺にはある筈もないのに。

流血し、赤く染まり始めていた左腕から、ずきん、と鋭い痛みが伝う。

恐らくは、折れてしまっているのだろう。

思うように動かせない。

けれど、痛いからといって立ち止まっているわけにはいかない。ひとまず体勢を立て直し——

「ま、じか……よっ!?」

そう思った刹那。

再び、覚えのある影が俺を覆う。

鉄錆と肉塊の異臭を伴い、それは俺へと向かって来ていた。

本能に従うようにがむしゃらに身を横へ投げ出す。やがてやってくる肌を焦がす熱気。

魔物(あいつ)が火を吹きやがったのだと理解するより早く、鉤爪で吹き飛ばされた際に手放してしまっていた剣を再度、創造。

これ以上怪我を負うのはあまりに不味過ぎる。

数十秒前の自分を責め立てながらそう判断。

もう一度、〝流れ星〟を。

そう判断する俺を見てか。

痛々しい断面を覗かせながら地面に赤い水たまりを作る魔物(化け物)は何を思ってか、ぱかり、と嘴(くちばし)のような口を開き、空へ向かって、

「ピィィィィイイイッッ!!」

甲高い奇声を上げた。

「……おいおいおいおい」

その行動は知っていた。

故に、手が止まる。

……厳密に言うならば、それに似た行動という事になるのだが、俺はそれを知っていた。

それは、助けてくれ、という救援の合図。

魔物の一種の習性とも言えるものであった。

〝怯えてこそ、剣士なのだ――――〟

勝ったと思った。瀕死の重体。

これは勝負があったと確信を抱いた。

しかし、間違いなく致命傷を喰らったその状態で、必殺の一撃が俺目掛けて飛び出して来たのだ。

そしてそれは見事、俺の左腕を潰した挙句、こうして俺に「怖い」と、怯えの感情を抱かせてくれた。

とんでもないヤツである。

「……いや、怖いね」

胸中に留めていた感情を吐き出しながら、体勢を立て直し立ち上がる。

甲高い奇声を上げ、救援を求める魔物に対して自分よりも格上であるという認識はあった。

もしかして勝てないかもしれないと。

けれど、心のどこかで思っていたのだ。

技さえ当たれば負ける事はないだろうと。

……その慢心が、仇となった。

身体を斬った。致命傷を与えた。

だから、追撃はない。

その理屈は、理論は、論理は――一体誰が決めた？　答えは単純だ。誰も決めてない。ただ

それが、当然であると俺が決め付けていただけの一方的な偏見。

「くそったれ」

毒を吐き出し、頭を一度リセット。

そして、思考を巡らせた。

――ここからどうする。

と、自問を始める。

恐らく、程なく此処へ〝ミナウラ〟の魔物が殺到する事だろう。元より俺の個々としての能力は

決して高くはないというのに、その上、この状態で多対一で相手をする事は間違いなく不可能。

呆気なく数に圧倒されてお陀仏(だぶつ)が順当だろう。

だから、逃げろ逃げろと本能が警笛を鳴らす。

今の俺の手に負える範囲を既に超えてしまったのだと、左の腕から伝う痛みと共に虫の知らせのような声がやってきていた。

「……うるさい」

黙殺出来なかった訴えに、反応する。

一旦黙れよその雑音。

そう強く思い込む事で漸く、本能からの訴えに背を向ける事が出来た。

魔物が押し寄せる。

あぁ、ああ、嗚呼。それは大変だ。

よくもやってくれたなという思いが思考を埋め尽くしていた。けれど、逃げるといっても、果たして〝ミナウラ〟の何処に逃げる場所があるのだろうか。

……恐らくは、ない。

だったら、答えは決まってる。

俺にとっての脅威は今のうちに一つでも減らしておこう。殺しておこう。

つまり、――――――叩っ斬るッ!!!

そう、自答した。

「根本的な解決は〝痛い目〟を見る他ない。……先達の人間はよく言ったもんだよ。だから、常識は、捨てる事にした。だから、翼は片方斬り落としたけど、お前は飛べると仮定しとく」

それは『星斬り』の男の言葉。

そして漸く、ハラが決まる。

オーガとの一戦からもう二年が経った。

魔法を使えるようになった。

経験を積んだ。知識をつけた。

あの時よりもずっと、精神も成長した。

でも、────変わらない。

変わらないんだ。あの時から、何もかも、変わらない。変わっていやしない。

変わらず俺は、まだ弱い。

その事実に対する認識を揺るぎないものへと変える。そして。

だからこそ。

「手負いだろうが、関係ない。お前は強いから、だから、真正面から正々堂々と不意打ちさせて貰おうか────!!」

強いお前が悪い。だから、文句は受け付けないと手前勝手な暴論を吐き散らしながら、俺は唇を盛大に歪め────

「とり、あえずッ!!! その口斬り落とすッ!!!」

大地を踏み締める。

後方へと土塊を蹴り上げる。

そして————肉薄を開始。

だらり、と力なく垂れ下がった左腕へ一瞬だけ視線を向け、止血をする為にも早く終わらせなければと己を更に追い込む。

早く早く早く早く早く。

その二文字が忙しなく俺を急き立てる。

時間はないぞと己に強く自覚させる。

そして。

「————ひとまず、黙れよお前」

ひたすらに甲高い奇声を上げ続ける魔物との距離を刹那の時間でゼロへと変化。

そのまま、無我夢中に叫び続ける魔物の身体に飛び乗りながら移動。程なく、頭部へと到達。

腹の底に響く冷ややかな声を伴い、ダン、と蹴りつける事で身を乗り出し、無骨な剣を振り下ろす挙動を見せる。

それと同時に紡ぐ魔法。

「〝刀剣創造(クリエイト)〟」

左手は満足に力すら込められず、右手には既に剣がある。

にもかかわらず、俺は魔法を発動させる。

〝刀剣創造（クリエイト）〟は己の周囲に任意の剣を創り出す能力である。だから基本的に、己の得物に変えるぐらいしか用途はない。シヴァのように好き勝手に生み出し、そうする事で攻撃の手段へと変える事は出来ないのだ。

ただ、だとしても使いようはいくらでもある。

言葉に反応し、生まれ、集約を始める光の粒子。それは俺の右足の甲付近にて姿を晒した。

「俺の魔法は、こういう使い方も出来る」

創造する剣の柄を蹴りやすいように厚くする。

そして――宙へと身を乗り出し、斬りかかろうとする俺に気付き、漸く奇声を止めて反応を見せた魔物（化け物）目掛けて、

「貫け」

手にする剣を振り下ろすのではなく、生み出した剣を容赦なく蹴り付け、流星を想起させる速度でソレは魔物（化け物）へと飛来を始めた。

「――――ッ!!?」

次いで言葉にならない悲鳴が上がる。

そして、放った一撃によって痛苦に悶える巨体。がむしゃらに放たれる追撃。

魔物（化け物）の巨体を駆け上がり、身を宙に投げ出した俺に避ける手段はない。

まごう事なき死に体。なれど。

程なく無様に叩きつけられ、俺の身体が投げ飛ばされる未来が――

「――――もう出し惜しみはしない」

……やって来る事は、なかった。

理由は、宙に身を投げ出しておきながら、俺は更に上空へと逃げるように飛び退いたから。

「お前のように飛べはしないけど、何も、宙で戦えないと言った覚えはないよ」

足下には光の粒子が。

剣身の幅がひときわ大きな剣が創造されてはそれを足場に蹴り付ける。

剣を創造――足場に変えて蹴り付け――剣を創造――足場に変えて蹴り付け。

そして――――ここに来て初めて、魔物(化け物)の姿を俺は見下ろした。

見晴らしは良く、お陰で周囲からゾロゾロと此方へ集まって来る魔物らしき姿も見受けられる。

……さっきまで気配すら感じられなかったというのに、いくらなんでも早過ぎる。

可能であれば、愚痴をこぼしてやりたかった。

ふざけんなと。

……けれど、そんな暇すらありはしない。

「……へ、え」

そんな折、パカリと開く顎門(あぎと)。

姿を覗かせる整然と並んだ鋭利な牙。

思わず声がもれた。

赤く染まった気体のようなものが魔物(化け物)の口内で集約を始めていた。キィン、と聞き慣れない金切音のような音すら聞こえてくる。――――恐らくは、火炎放出の前兆。

しかし、関係ない。

斬れ斬れ斬れ斬れ斬れ。

呪詛のように胸中で言葉が繰り返される。

たとえ何であろうと、叩っ斬れと。

そして俺はその言葉に従うようにみしり、と軋む音すら黙殺して剣の柄を一層力強く握り締めた。

「上、等ッ…………!!　それじゃあ勝負といこうか魔物ッ!!!」

声を荒げる。

身体を支配する高揚感に身を委ね、がむしゃらに叫び散らす。

放出される火炎ごと目の前の魔物を斬り裂けたならば俺の勝ち。

火炎に吹き散らされたならば俺の負け。

何とも単純明快。

逃げるぐらいならと迎え撃つ体勢を整える好戦的な敵を見据える俺の唇は、頬が裂けでもしたかのように歓喜に歪んでいた。

そして振り上げる。

「斬り裂けよ――――――」

赤い閃光が視界に入り混じり、辺りに満ちる熱気がこれでもかと肌を焦がす。

俺に出来る事は剣を生み出し、振り下ろし、斬り裂いてしまう事だけ。

故に、俺の眼前に立ち塞がる障害は例外なく、何もかも火炎ごと斬り裂いて退かしてしまえ。

決死の覚悟で、気炎吐き散らせ────ッ!!

「────〝流れ星いいいぃいぃいッッ〟!!!」

轟ッ!! と音を立てて火炎が繰り出される。

そして、振り下ろした剣────〝流れ星〟と交錯し、衝突。撃ち放たれた赤の奔流が執拗に襲いかかり、剣を最後まで振り下ろすという行為を安易に許してはくれない。

「こ、の……ッ」

元々の自力の差は歴然。

見る見るうちに押し込まれてゆく。

しかしそれでも、やられてたまるか。とっととくたばれ。火炎だろうが、何だろうが、邪魔をするなら全部叩っ斬る。

それらの感情をまるで怒鳴りつけでもするかのように、俺は一層右の腕に力を込める。

次いで、悲鳴が聞こえた。

ピキリと軋む骨の音が。

けれど。

それでも構わず俺は喉を震わせ、叫び散らす。

「ッ、あああぁああぁぁッ!!!」

気勢を上げる俺の叫びに呼応するように、ぐぐぐと腕が前へと進み始める。先へ、先へと放たれる火炎を斬り裂きながら、均衡が崩壊の兆しを見せる。

　そもそも、間違っていたのだ。

　格上相手に、先の事を考えながら戦えるものか。後の事を考慮してる場合か。

――――幾ら何でも舐めすぎだろうが。

　そう己を責め立てた後、余裕は尽く（ことごと）切り捨てる。そして、俺はこの場で全てを出し切る勢いで押し返しに掛かった。

「ぶっ、倒れろ…………ッ!!!」

　ぴしり、と己の得物がひび割れる音を耳にしながらも、構わず力を込め――――振り上げた剣は放出された火炎の奔流すらも巻き込み、斬り裂く。

　宙に描かれる幻想的光景。

　炎の奔流を斬り裂き走る光の軌跡はまさしく――――〝星降（ほしくだり）〟のよう。

　振り下ろし切ると同時、弾けるように四方へ霧散する火炎。そして、勢い良く噴き出した血飛沫が辺りに赤を落とし、凄惨な光景が広がった。

「こん、どこそ……!!」

　振り切った事で身体は前のめり。

　崩れた体勢を上手く立て直す事が出来ず、そのまま地上へと落下を開始。

「……いっ」

　程なく、斬り裂いた魔物（化け物）の死骸に身体が打ち付けられる。

上手くクッションの役目を果たしてくれたものの、それなりの高さからの落下。

加えて左腕を負傷していた事もあり、その衝撃のせいで尋常でない痛みが全身を駆け巡る。

「ッ、……は、ぁ……はぁ、だぁー……死ぬかと思った」

軽く右の手を火傷（やけど）していた事により、じんわりと滲んでくる痛み。じっとりと背中を濡らす冷や汗の感触を瞑目（めいもく）しながら味わう。

そして目蓋を開く。

たった一体の変異種を相手にこのザマである。

実際に戦闘を繰り広げていた時間は恐らく、十数分。だというのに数時間ぶっ続けで動いた時よりもずっと酷い疲労感が身体を支配していた。

「どう、したもん、かな」

亀裂の入った無骨な剣を手放し、右の手一本で大地に投げ出された身体を起き上がらせる。

先程、上空で確認したようにあの魔物（化け物）が救援を求めたせいで他の魔物がこの場所に集まりつつある。

本来であれば一目散に逃げるべきなのだが、生憎、体力の大半を消費してしまっているので万が一にも逃げ切れる気がしない。参ったなぁと俺は苦笑いをするくらいしか出来なかった。

そんな、折。

ぱち、ぱち、ぱち。

と、手を打つ音が等間隔で聞こえてきた。先程までとは打って変わり静まり返った場にて、その音は目立って響き渡っていた。

「いやぁ、凄いねえ。あの魔物を一人で倒すなんて。ビエラちゃん帰ってくるの待つしかないかなあって思ってたけどこれはこれは、思いがけない幸運に恵まれちゃったなあ」

女性特有の高めの声。

表情を確認出来ていないが、鼓膜を揺らすその声音から、声の主が上機嫌である事は考えるまでもなく理解が出来た。

声の出処は何処か。

そんな事を思いながら後ろを振り向くと、散々に荒らされた木々の陰から一人の女性が俺を見詰めていた。

……ただ、どうしてか。

初対面の筈なのに、その容貌には何処か見覚えがあった。

「おーっと。これはこれは申し遅れました。わたしの名前はフィオレ・アイルバーク。一応、この街の領主やってます」

にこりと。

花咲いたような笑みを向けられる。

微風に靡く銀糸のような長めの髪。

端整で繊細な面立ち。

雰囲気が真逆であったが為にひと目で看破する事は出来なかったが、彼女が名乗った名前で全てを理解する。

　アイルバーク。

　それは、俺の村にやってきた〝戦姫〟と呼ばれる貴族――ビエラ・アイルバークと同様の家名であったから。

「本当は色々と貴方とお話ししたいところではあるんだけれど、残念ながら今はそうも言ってられないんだよねえ」

　ま、言わずもがなその事情は貴方も理解してると思うけど。

　そう言ってフィオレと名乗った女性は辺りを見回す。まだ姿こそ、視認出来る範囲には魔物は見受けられないが、地響きのようなものは既に薄らと聞こえ始めていた。

　もう間も無く、といったところだろうか。

　逃げるならとっとと逃げなくては。

「そこで一つ、提案なんだけれども。……そこの魔物、わたしにくれないかな?」

　フィオレがそう言って指を指した先には、先程俺がズタズタの真っ二つに斬り裂いてやった魔物(化け物)の残骸があった。

　だからこそ、言葉の意味が分からなかった俺は疑問符を頭上に浮かべる。

「魔物の死骸は金になる。変異種であれば、その希少性は計り知れない。うん、うん。二つ返事出来ない理由は十二分に分かりますとも。でもね、命あっての物種とは思わないかなあ?」

「……言葉の意味がイマイチ理解出来ないんだけど」

「つまり、その死骸さえくれればわたしが貴方を助けてあげるって言ってるの。貴方の戦闘力には十分過ぎる価値がある。これからの事を考えると見殺しにするには惜しいかなってね」

これって光栄な事なんだよ？

そう言ってフィオレはふふん、と鼻を鳴らした。陽気な態度が抜き身の刃のような態度を一貫して崩さなかったビエラと似ても似つかなかったが、言葉をかわせばかわすほど何処となく似ているような錯覚を抱いてしまう。

……とはいえ、助けてあげると言われても、既に事切れた死骸を所望するその意図が全く以て分からない。故に、即座に返事が出来ない。

別に構わないと思っているのに、死骸を欲しいと口にしたその異常性に引っ掛かってしまっていた。

「……貴方も魔法使いの癖に、変なところで引っ掛かるんだね」

はぁあ、とため息を吐かれた。

「この世界では『魔法』と呼ばれる摩訶不思議な力が存在してる。それは基本的に、当人が強く望んだ力が『魔法』となって発現すると言われてる」

たとえば、剣を望んだ人間であれば剣を創り出す能力が。

誰かを治したいと強く願った者であれば、治癒の魔法が発現する等と言われている。

それは、冒険者であるリレア達からも既に聞いた事柄であった。故に向けられた言葉に納得。

なら、ここまで言えば分かるよねと。

言外に告げながらフィオレは続け様、

「で。わたしに発現した魔法はちょっとアレでね。あんまり人様に言えるものじゃないんだけど……能力は――〝屍骸人形（マリオネット）〟。多少の制限はあるんだけど、わたしの魔法は死んだ対象を無理矢理生き返らせて自由に操る事が出来る能力」

そう、口にした。

……俺と目の前に佇むフィオレは初対面。

恐らく俺が死んだところで痛くも痒くもないだろうに、どうしてその能力を持っているにもかかわらず、俺を見殺しにするには惜しいと言ったのだろうか。

そんな疑問がふと浮かび上がった。

俺ですらも、操れば寧ろ都合が良いのでは、と。

「……だから制限があるって言ったでしょ。わたしの魔法――〝屍骸人形（マリオネット）〟はどうしてか、魔法使いだけは操る事が出来ないんだよねえ」

……俺の心境を見透かしてか、フィオレが呆れ混じりにそう言った。

「だから、出来る限り戦力になりそうな魔法使いは生かしておきたいの。これでお分かり？」

戦力とは恐らく、シヴァが言っていた〝ミナウラ〟に潜む魔物の頭を討伐する為のものなのだろう。

どの道、体力を回復させない事には絶体絶命の危機である事には変わりない。

屍骸一つで助けてくれるというのであれば、

「分かった」

肯定以外、返事はあり得ない。

「素直で宜しい。なら、後はお姉さんに任せておきなさいな」

そう言って彼女は満面の笑みを浮かべ、魔物の死骸へと歩み寄る。

どどど、と地響きが刻々と大きくなってゆく事を度外視。

あくまでも普段の調子を崩す気はないのだろう。ゆっくりと、静謐に、手のひらを魔物へと向けて――一言。

「それじゃ、起きろ――〝屍骸人形〟」

ぴくり、と。

言葉が言い放たれるが早いか、事切れていた筈の魔物の屍骸が微かに震える。

程なく、真っ二つに斬り裂いた筈の断面から、糸のような細長の何かが一斉に噴き出すように飛び出して瞬く間に、縫合。凄惨に死臭を振り撒いていた屍骸が元の形へと程なく変貌を遂げる。

「なぁにそんな驚いてるの？ 〝屍骸人形〟だよ？ もしかして、人形と糸は切り離せない存在って知らなかった？」

……聞くと実際に見るとでは天と地ほどの差があるとはよく言ったもので。

何も無いところから剣を創造する魔法も大概ではあったけれど、今、俺の目の前で行われている出来事に対する驚愕はその時の数段は上であった。

「じゃ、今からキミは〝ピィちゃん〟って事で」

　ギョロリと虚ろな瞳を動かす魔物（化け物）だったものに向けて、びし、と指差しながらフィオレは命名する。恐らく、ピィと鳴いていたから〝ピィちゃん〟なんだろうが、残念過ぎるネーミングセンスについては触れないでおくことにした。

「それじゃあえっと……」

「ユリウス」

「はい、じゃあユリウス君！　流石に魔物の大群を二人で相手するわけにもいかないし、此処から逃げるんだけど、その右手、ちゃんと使える？」

　どうして、あえてそう尋ねてくるのかと疑問に思うも、それを捨て置いてぐー、ぱー、と手を動かす。

　多少の痺れはあったが十分に使える範囲。

「お。割と元気そう。その様子だと、わたしの心配も杞憂だったみたいだねえ」

　大丈夫だと俺が言う前に、その動作を見詰めていたフィオレが勝手に判断。

　言うが早いか、すっかり修復を終えていた魔物（化け物）の身体へ軽い身のこなしでスタタとフィオレが飛び乗った。

「ほら、時間ないから早く！」

　言われるがまま、彼女に倣うように俺も飛び乗る。魔物（化け物）の背には何重にも束ねられた糸で出来た手綱のようなものが存在しており、どうして手が使えるのか尋ねてきた理由が判明する。

　要するにフィオレは手綱を摑めるかと確認したかったのだろう。

「ちゃんと摑んだ？」

「摑んだ。……あぁ、いや、摑みました」

最早今更でしかなかったけれど、彼女はフィオレ・アイルバークと名乗っていた。

つまり――――貴族。

「別に敬語とかいいよ。〝ミナウラ（此処）〟じゃ、そんなものクソの役にも立たないし」

そもそもわたし、そういう堅っ苦しいの嫌いだからね。

と、口にしてから彼女は「飛んで」と一言。

「さ、しっかり握ってないと振り落とされても知らないよっ!!」

ばさりばさりと羽ばたきを魔物（化け物）が開始した後――――ぐおん、と身体が一気に持っていかれる。

「ま、じか……っ」

まさかのいきなりの垂直九十度に飛行。

その勢いによって思わぬ負担が手にかかり、ずきんと痛みが走る。けれど、離せば落下。

泣き言をこぼす余裕すらもない。

「逃げるとは言ったけど、殺せる魔物（ヤツ）は殺せる時に殺しとくってのがわたしの座右の銘でね!!」

十数秒に渡る垂直の上昇飛行。

風に負ける事なくフィオレの叫び声が聞こえてくるや否や、続け様「降下!!」と一言。

直後、ぐるりと上空にて、宙返り。

そして今度は勢いを乗せた上での降下。

何処からともなくキィン、と聞き覚えのある独特の音が俺の鼓膜を揺らす。

それを耳にし、俺はまさかと思ってしまう。

とはいえ、ギリギリだったのだろう。

地上には多くの魔物で既に埋め尽くされており、その数は増す一方。

蠢くその様子に、身の毛がよだつ。

「さ、〝ピィちゃん〟やっちゃって――」

言葉に従うようにパカリと開かれる魔物（化け物）の顎門。

刻々と上昇してゆく周囲の温度。

〝屍骸人形（マリオネット）〟とは聞いていたけれど、そんな事までも出来るのかと。

驚愕に目を見開かざるを得なかった。

そしてやって来る――

「――〝火炎纏う咆哮（ファイアブレス）〟」

――火炎の奔流。

視界いっぱいに、ぶわりと一気に紅蓮が広がった。

程なく聞こえてくる悲鳴。

なれど、不快さを伴う焼け焦げた臭い共に、その悲鳴は呆気なく消えてゆく。

……よく競り勝てたな俺。

眼前に広がる大火力を前に、思わず今更ながらな感想が胸中にて湧き上がった。

やがて数秒に渡り、燃やすだけ燃やし尽くしてから二度目の方向転換。

全てを狩り尽くせてはいなかったが、大部分を殺せたという事でどうやら満足らしい。

気にした様子は見受けられなかった。

「ところで、ユリウス君はなんで〝ミナウラ〟に？」

背を向けたまま、フィオレが問い掛けてくる。

「強くなれると思ったから」

その問いに、俺は即答した。

言い淀む理由は何処にもなかったから。

「俺にとって、丁度いい壁になってくれると思ったから。俺を更に高次へと押し上げる為の糧が此処には溢れてると思ったから」

だから、〝ミナウラ〟にやって来たんだと俺は告げる。

こうして助けて貰ったのだから、そのくらいは言って然るべきだと思った。たとえそれで変わり者であるなどと笑われる羽目になろうとも。

……いや、それでなくとも、笑われて然るべきだろう。実際、たった一体の変異種相手にこのザマなのだから。フィオレがいなかったら今頃どうなってたか。

……だというのに。

「へぇ。キミもそう言うんだ。面白いね」

腹を抱えて笑うどころか、まるで俺でない他の誰かも同じような事を言っていたかのようなフィオレの言い草に、少しだけ引っ掛かりを覚える。

「強さに貪欲なのは良いと思うよ。確かに、ユリウス君の言う通り、力を求めるなら〝ミナウラ〟はうってつけ。強い魔物なんてゴロゴロいるし、それこそ、死闘ってやつが何度も味わえる。キミ達みたいな存在からすれば天国とも言える場所だからねえ」

〝瘴気〟の濃度が特別濃いとされる〝ミナウラ〟の街の領主だからこそ、か。口にされるその言葉には確かな説得力が伴っていた。

「……実際に、ユリウス君と同類だろう人間がわたしにそう言ってくれたんだ。わたしの妹で、ビエラちゃんって言うんだけどね」

恐らくそれはビエラ・アイルバークの事だろう。あの冷ややかさを感じさせる態度の裏に、そんな熱を隠していたのかと少しだけ驚いた。

そんな折。

「ま、今はそれは置いておいて。そんな戦闘狂気質なユリウス君に一つ、提案があるんだけれど」

力が欲しいと願う。

星を斬りたいと、俺の記憶の中にのみ存在する技を、一人の男の生涯をカタチとして世に知らしめたい。俺としてはそう願っているだけなので、戦闘狂気質と呼ばれる事について少しだけ納得がいかない部分があった。

だから、眉根を微かに寄せる。

「わたし達と肩を並べて戦う気はない？」

そんな歪んだ俺の表情は、その言葉を耳にした瞬間に、一層険しいものへと変わった。

……一体どういう事なんだろうかと。

「わたしがユリウス君を助けた理由は、キミには生かす価値があると思ったから。ここで生かしておけば、まだ魔物を殺してくれると思ったから。それは紛れもなく、わたし達の益となる」

〝ミナウラ〟の領主としては、そこら中に蔓延る魔物を排除する為に戦ってくれる存在であれば、誰であれ歓迎であると彼女は言う。

「ただ、キミがビエラちゃんと同類なら、こ、っ、ち、の方がそそられるんじゃないかなあと思ってね。あの一撃――――〝流れ星〟、だっけ。あれ程の威力を誇る技を持つキミなら、申し分ないしね」

何より、わたしも死にたくないし、ビエラちゃんも死なせたくはない。だから、戦力は可能な限り増やしておきたいのだと付け加えられる。

「――――〝ジャバウォック〟」

名前が、一つ。

「それが今回、〝ミナウラ〟に出現した魔物の頭の名前なんだけどね、これがまた今までよりも厄介そうなヤツでさあ。ちょっと手こずりそうなんだよね」

生憎と、フィオレの表情は見えないが、今の彼女の表情ばかりは何となくだが予想がついた。

「だから――――、〝ピィちゃん〟を単身で倒したその腕を見込んで頼みがあるんだ。わたし達に交ざって、〝ジャバウォック〟を倒す気はない？　ユリウス君」

十五話

「悲鳴一つあげませんか。その歳である程度の痛覚を無視出来るとは大したものです」

眼鏡をかけた痩軀の男は、嗜虐めいた笑みを浮かべながら俺の左腕に包帯を巻き付けながらそう宣う。


わたし達に交ざる気はないか、というフィオレからの申し出に対して了承するという選択肢を選び取った俺は、フィオレが〝ピィちゃん〟と命名した魔物（化け物）に乗ってとある場所へとやって来ていた。

そこは、大きな地下通路が広がる場所。

そしてその先は開けており、「こっちに来て」と彼女に案内をされ、奥へとたどり着くとそこには数名の人間が屯していた。

その内の一人————アバルドと名乗る治癒師に折れた腕を治して貰う事になったのだが、これがまた、最悪を極めていた。

「僕の魔法の能力は一応治癒系統ではありますが、どちらかと言うと治すのではなく戻す魔法」

……そうなのだ。

彼の魔法は、言ってしまえば元に戻す魔法。

骨が折れたのであれば、折れてない状態に。

怪我をしたならば、怪我をしてない状態に戻す。それが彼――フィオレの従者を名乗るアバルドの能力。

一見、使い勝手の良い便利な能力に思えるが、その実、かなり対象者に厳しい魔法であった。

「折れた骨を治すともなれば、想像を絶する痛みだったと思うんですがね。右腕は右腕で罅(ひび)入ってましたし」

彼の魔法は、強引に戻す治癒系統魔法。骨が折れているのであれば、強引に接合し、元通りに戻すだけなのだが――その魔法を行使する場合、対象者に対して怪我の度合いに比例して凄絶な痛みが伴うという欠点付き。

その代わり、すぐに治るという利点も存在するのだが、下手すれば痛みでショック死するんじゃないかと疑うレベルで痛かった。

「ま、礼は不要です。寧ろ、お嬢の申し出を受けてくれた事に対し此方が礼を言わなければいけない立場ですので」

「……そうですか」

そう言って、アバルドの言葉に対してあえて、不満であると言わんばかりの調子で返事する。

その理由は、魔法を行使する際に痛みに耐えようとする俺を見て、アバルドは何処か楽しんでいるような節があったから。

多分こいつ、ロクでもない性格をしてると確信めいたものを持っていたけれど、流石に治してもらった手前、無下にはできない。

という様々な事情から、俺は不機嫌ながらも返事をするというカタチに落ち着いていたのだ。

「ええ。例年通りであれば問題はありませんが、今年は人手が幾らあっても足りないくらいですから」

それだけ厄介な相手、という事なのだろう。

「ですが、本当に良かったんですか？」

「というと」

「討伐ですよ討伐。〝ミナウラ〟の悪評は王国中に轟いているでしょうから言わずもがなでしょうが、多分、かなりの高確率で死んじゃいますよ？」

「……〝ミナウラ〟を訪れている時点でその質問は今更でしょう」

魔物が溢れ出す時期の〝ミナウラ〟に足を踏み入れる連中なんてものは、普通に考えて救えない戦闘馬鹿か、正義感に痴れた変わり者か、命令を受けて仕方なくやってきた王国騎士くらいのものだろう。

俺はというと、騎士ではないし、正義感なんてものも雀の涙程度しか持ち合わせてない。

魔物に苦しむ人を救いたい。

なんて高尚な理念を掲げた覚えは生憎と一度としてない。

とすれば、答えは自ずと決まってくる。

「死ぬかもしれないと言われてじゃあやめておきますと言うような人間はそもそも〝ミナウラ（此処）〟にはやって来ませんよ」

「は、はははっ、確かにそれもそうですね。では、お言葉に甘えるとしましょう」

そう言って、アバルドは大仰に態（わざ）とらしく手を広げた。

「此処は親だろうが使えるものは何だろうと使う場所――〝ミナウラ〟の街。僕らは君を歓迎します。改めて、僕はアバルド。宜しくお願いいたしますね」

直後、左の手を差し出される。

握手をしよう、という事なのだろう。

あえて治したばかりの左腕を選ぶとは、やはりアバルドは性格が悪い。

そんな事を思いながら俺は彼のお陰で完治した左手で力強く握り締めてやる。

「いっ!?」

怪我を治してくれた恩人ではあるけれど、その腐った性根に対してこのくらいのやり返しはして然るべきだろう。

一応これでも剣を何年と振り続けた身。

身体は子供とはいえ、握力はそれなりにあると自負している。ざまあみろと思いながらも俺は彼に背を向けた。

「腕の調子はどうかな？」

「お陰様でこの通り」

フィオレの問いにぐるん、ぐるんと左腕を回す。

ちくりとも痛まないし、これはもう完治したと判断して問題ないだろう。

「そっかそっか。ま、アバルドは性格が歪んでるけど魔法の腕だけは確かだからねえ」

……人聞き悪い事言わないで下さいよお嬢。

と、背後からアバルドの声が聞こえて来ていたが、それに反応するより先に「はい」という掛け声と共にこちらに差し出される一枚の紙。

「それとコレに目を通しておいてねえ。一応それがわたし達の情報。誰が何の魔法を使えるか。どのタイプの人間か、把握してないとベストが尽くせないでしょ？」

そこには箇条書きで、今この場にいる者達————総勢十数名の情報が詳しく書き記されていた。

その中には唯一この場に居合わせていないビエラ・アイルバークの名も存在していた。

俺はその部分だけをまず、流し目で確認。

氷を自在に生み出し、操る能力、と、当然のように魔法使いとしての能力が書き記されていた。

「一応、ユリウス君の情報も書き記しといたから、それにも目を通しておいて。もし間違ってたら、明後日までに此処にいる誰かに伝えてねえ」

伝える事は伝えた。

そう言わんばかりに、フィオレは俺に背を向け、手をひらひらと振って見せる。

恐らく何らかの用事があるのだろう。

領主とも言っていたし、忙しい事にも頷ける。

「……俺の情報、かあ」

渡された紙に視線を向けると、そこにはユリウスの文字が言われた通りちゃんと書き記されていた。

続くように、能力は剣を創り出す事。

タイプは一撃必殺型、などと俺についての詳細が書かれており、簡単ではあったが的確にそれは的を射ていた。

そうして他の人の情報にもザッと目を通す中、ふと疑問に思う。どうして、明後日なんだろうか、と。

「……ビエラ様が〝ミナウラ〟に帰ってくるのが明後日だからですよ」

俺の内心を見透かしでもしたのか。

俺が力強く握り締めた左の手をぷらぷらと軽く振りながらアバルドが言う。

「一応、予定では明後日、ビエラ様と合流した後、頭である〝ジャバウォック〟の討伐を開始する運びとなっていますね。まぁ、僕は能力が能力ですので後方で待機するだけなんですがね」

「明後日……」

「何か問題でも?」

「い、や。問題という問題はないんですが……」

頭に過るのは村の外でビエラ・アイルバークに言われたあの言葉。

――満月までに。

という、その一言。

明後日は、とてもじゃ無いが満月とは程遠い。

どういう事なのだろうかと疑問に思うも、それを解消してくれるであろう人物は生憎此処には今いない。

……なら、今はその事は頭の隅に追いやっておくべきか。

「ああ、それと。言い忘れていましたが、基本的に外出についてはご自由にしていただいて構わないのですが、ここから北へは行けないようになっていますのでご注意下さい」

「……？」

北、というピンポイント過ぎる方角に、どうしてなのだろうかと疑問符が浮かぶ。

「簡単な話です。明後日までは、可能な限り〝ジャバウォック〟に刺激を与えたくはないんですよ。ああいう魔物は気配に敏感です。ビエラ様が不在の今、不用意に刺激するのは得策ではない」

だからやめてくれと。

至極真っ当な言葉をアバルドは並べ立てていた。

そして、その言葉で理解する。

もしかして、フィオレは〝ジャバウォック〟がいる場所へ人を寄せ付けないように見回りをしていたのではないだろうか。

だから、偶然にも俺と出会った。

特に、俺は変異種の魔物と単身で戦いを繰り広げる命知らずである。放っておけば〝ジャバウォック〟討伐に向かう可能性も無きにしもあらず。と思ったが為に、彼女は趨勢（すうせい）を見極めようと離れた場所で事の顛末をギリギリまで眺めていたのかもしれない。

そう考えると、色々と辻褄があった。

「分かりました」

その偶然が上手い事重なり、俺はこうして九死に一生を得た。恩を仇で返す趣味があるわけでなし。ここは素直に従っておこう。

そう思い、俺はアバルドの言葉に首肯する。

「物分かりが良くて安心しました。それでは、明後日まであまり時間も残されてはいませんし、取り敢えず――――」

と、アバルドが何かを言いかけた折。

「――――た、っ、大変だッ!!!!」

焦燥感に満ちた大声が唐突に轟いた。

その突然の出来事に、場にいた全員の視線が一斉に発声源へと向く。

地下通路を通って駆け込んできたのだろう。

出入り口付近で、肩で息をしながら見覚えのない男が叫び散らしていた。

「野良の魔法使いがオレが殺すと息巻いて、俺らの制止を振り切って〝ジャバウォック〟のところに勝手に向かいやがった!!!　見張りをしてた俺含めて三人がかりで止めようとしたんだが、あの野郎――――」

止めようと試みた人間の一人がこの場にいる時点で、その結果は最早言わずもがな。

「――――ね。そいつの特徴、教えてくれる？」

丁度、何処かへ立ち去ろうとしていたフィオレが足を止めて、慌てる男へ問い掛ける。

「……赤髪の男だ。赤髪の、魔法使い」

その言葉を耳にした俺の脳裏に、一人の男の姿が過った。

――――〝刺し貫く黒剣(グラディィエーダ)〟

丁度、そいつ――――シヴァも、赤髪の魔法使いであった。

十六話

「……赤髪、か。ん。分かった。じゃあ、わたしがその人回収してくるよ。流石に今回ばかりは、ビエラちゃん抜きで事を進めるわけにはいかないからねえ」

程なく、此方に背を向けていたフィオレは再び向き直り、そして視線を――――アバルドへと向けた。

「それと、念の為一応アバルドもわたしに付いてきて。伝令役が一人欲しいの。それも、一番確実に役目を果たせる人間が」

「……そういう事でしたら喜んで引き受けさせていただきます」

フィオレの言葉に対して二つ返事で了承するアバルドであったが、どうしてか途中に妙な沈黙を経て発言していた。

その理由は分からない。

けれど恐らく、本意ではないという彼なりの意思表示なのだろう。

アバルドのそんな反応を見てしまったからか。これから起こる出来事に、あまり良い予感はしなかった。

だから、なのかもしれない。

「―――もし」

気付けば、俺は声を上げていた。

「もし、その赤髪が〝ジャバウォック〟とやらを怒らせていた場合、貴女はどうするんですか」

その発言に、フィオレは少しだけ驚いているようであった。けれど、それも一瞬。

先程手渡された紙をフィオレが指差し、「一番下。プランB」と言う。

言われるがまま視線を落とすとそこには、ビエラちゃんが帰ってくる前に敵が動き出した場合は、と記載されており、

「……時間、稼ぎ」

「そういう事」

続く一文を読み上げると、満足そうにフィオレは頷いてみせた。

「そして時間稼ぎをする場合、わたしの能力が一番適任なの。何より、この中から死者を出しちゃったらわたしがビエラちゃんにドヤされるんだよ？　だから、わたしが行くの。わたし以外はあり得ないの」

それを聞いて、何となくだけどビエラ・アイルバークという人間の為人（ひととなり）が見えてきたような、そんな気がした。

満月の件といい、恐らくだが、ビエラは人死にを嫌っているのだろう。

……どうして、一番の戦力と考えられている彼女が〝ミナウラ〟を離れているのかと疑問に思っ

たが、もしかするとその事が関係しているのかもしれない。……いや、そうであると仮定すれば全ての辻褄が合う。

だからつまり、そういう事なのだろう。

そして同時に自覚する。

俺という人間の命が、ビエラ・アイルバークに気遣われていたという事実を。

「……なる、ほど」

……これは効く。

〝星斬り〟を成すと宣いながらも、現実は己の与り知らぬところで気遣われていたと。

ビエラが実際どう思っているかなぞ、俺の知る由もない。けれど間違いなく、フィオレの発言を踏まえて答えを導き出すとすれば、俺は彼女に気遣われていた。そうとしか思えなかった。

故に。

「なら、俺も付いて行きます」

「ねえ、わたしの話、聞いてた？」

声のトーンが低くなる。

顔は笑っていたが、向けられる瞳はこれっぽっちも笑ってはいない。

きっと、呆れているのだろう。

怒っているのだろう。

「聞いてました。聞いた上で、俺は言ってます。何より、時間を稼ぐなら人手は多いに越した事はないと思いますが」

加えて、〝ジャバウォック〟に向かって行った赤髪の魔法使いの正体は、恐らくはシヴァだ。

シヴァだけが〝ジャバウォック〟と一人で相対出来て、戦えて、名をあげる機会に恵まれて。

……それは流石にズル過ぎやしないか。

「それに、赤髪の魔法使いは恐らく俺の知り合いです。魔法の能力も一応知ってる。回収するのであれば、俺がいた方がいいと思いますが」

「キミが今ここで赤髪の魔法使いについて話してくれればそれで解決とは思わない？」

「俺の性格は何となく理解してるでしょ？」

「助けてあげた恩を仇で返しちゃうんだ？」

「仇で返したくないから、付いて行かせてくれって言ってるんです」

「……平行線だねえ」

どちらも妥協する気は微塵もなかった。

だから、どこまでも会話が平行にすれ違う。

「別に、何もわたし一人で〝ジャバウォック〟を倒すわけでも、ましてや倒せる筈もない。言ったでしょ？　わたしはあくまで時間稼ぎ。なのにどうして、キミは付いてこようとするの？」

戦う機会は心配せずとも、必ず後でやってくるというのに。

フィオレの目が口程にものをいう。

そしてだからこそ、彼女は俺の心情を理解する事は叶わなかった。

「……もう知ってると思いますが、俺が〝ミナウラ〟へやって来た理由は強くなりたかったから。己の前に立ちはだかる高い壁を、超える為。ただそれだけ」

こうして、勝手気ままに見張りの制止を振り切って〝ジャバウォック〟の下へ赤髪の魔法使いが向かって行ったという話を耳にして。

お陰で、目が覚めた。

たかが変異種一体に手間取っただけでどうやら俺は随分と及び腰になっていたらしい。

「だったら尚更――――」

あえて今行く必要は無いんじゃないかと指摘するフィオレの言葉に重ねるように。

「――――死んで当たり前の先に存在する壁を超えるからこそ、意味がある」

正気の状態で、そんな尋常とは程遠い言葉が当然のように口を衝いて出ていた。

「俺の目から見て、貴女達は強く映る。とても、強く。ビエラ・アイルバークを初めて見た時も、自分よりずっと格上の人間だと剣を構えるまでもなく理解しました。でも、だからこそ、それじゃあ意味がなくなる」

そうだ。意味がないのだ。

ビエラ・アイルバークがいて。

フィオレ・アイルバークとその仲間達もいて、その中に交ざって〝ジャバウォック〟を倒す。

ああ、あぁ、確かにそれであれば十二分に倒す事が出来るだろう。けれど。

それは幾ら何でも――――生温(なまぬる)すぎやしないだろうか。

その事実に、気付いてしまう。

俺が申し出を受けた理由はそうするしかなかったからだろうが。腕が折れ、一人では逆立ちしても無理だろうと思ったからじゃないのかと言い聞かせる。

そして、今、諦念を抱く原因となったその腕は完治した。

ならば、俺のやる事はもう決まってる。

「だから、俺を今連れて行ってください」

「……訂正。前にユリウス君に、キミはビエラちゃんと似てると言ったけど、全然違うや。似てるようで、全然似てない」

だろうなと思う。

恐らくビエラが力を求める理由は〝人死に〟を己の側から遠ざける為。その為にひたすら強くなろうと試みているのではないのかと俺は予想する。

対して俺は、彼女のような高尚な理念など抱く余地もなく『星斬り』という行為に憧れ、骨の髄まで痴れているただの馬鹿。

いくら力を求めようが、死んでは意味がなくなる。全てが水の泡となる。

なのに、それすら容認して俺は突き進もうとする阿呆である。同類がそう何人もいてたまるか。

「……じゃあ、一つだけ聞かせてくれる？　わたしを納得させられたなら、お望み通り連れて行ってあげる」

場に、驚愕の声が混ざる。

周囲にいた者達の声だ。

しかし、フィオレはその声に一切耳を傾ける事なく、一心に、俺へ意識を集中させていた。

「そうまでして、キミは何を成したいの？」

「――――『星斬り』を。俺は、その為に強くなる努力をしてる。その為に、俺は今を生きてる。俺は、星を斬りたいんだよ」

「……それは、一体何の為に？」

「『星斬り』の剣技が、最強であると知らしめる為に。俺の憧れが真に、最強であったと、過去を含めた人間全てに認めさせる為に」

だから俺は、剣を振るっているのだと彼女に告げた。

「……成る程、あの魔法はどこまでもキミらしいものであった、と。……あーあ、思わぬ拾い物って思ったのに、こりゃタチの悪い時限爆弾だったかなあ」

はぁあ、とため息を吐き、諦めるような素振りと共にフィオレは苦笑い。

「分かった分かった。そこまで言うならもうわたしは止めない。だけど、一つだけお約束ごとがあるの。最後にそれだけ聞いてくれる？」

「……何ですか？」

「簡単な事だよ。言ってどうこうなるような話じゃない事は承知の上だけど――――出来れば、死なないでね。死体が転がってると、ビエラちゃんが悲しむから」

気遣いの出来るお姉ちゃんは大変なんだよ。

そう言って、再びフィオレは俺に背を向ける。

「あんまり時間もないし、もう行くよ。ほら、付いておいで。ユリウス君」

十七話

「俺の予想が正しければ、その赤髪の男の名前はシヴァ。魔法は、俺と同様、剣を生み出す能力。あいつはそれを〝刺し貫く黒剣（グラディエーダ）〟って呼んでました」

「シヴァ、ねえ……」

残念ながら、心当たりは無いかなとフィオレはかぶりを振っていた。


あれから走って地下通路を抜けた先。

少し離れた場所で、生い茂る木々に隠れるように伏していた飛行系の魔物の下へとフィオレに案内された俺は〝ピィちゃん〟よりもずっと小柄な魔物に彼女と同乗していた。

そして、伝令役に指名されていたアバルドは俺とフィオレとはまた別の魔物の背に。

……どうやら、彼女はかなりの数の魔物を使役しているらしい。

「アバルドはシヴァって名前に心当たりあるー!?」

フィオレが使役する別の魔物に乗って追従するアバルドに聞こえるよう、大声で彼女が叫ぶ。しかし、彼も首を横に振るだけで期待した答えは得られず終いであった。

「……だよねえ。でも、それならまだ不幸中の幸いかな。剣士なら、最悪の未来を避けられる可能性は十分にあるから」

「それはどういう」

「簡単な話。〝ジャバウォック〟の外殻は物理的な攻撃じゃあまず貫けない。だから、ビエラちゃんなんだよ。〝ジャバウォック〟相手に剣士じゃ滅多なことがない限り、傷を与える事は出来ないから」

そう、彼女は言い切る。

魔物に乗っている都合上、フィオレの表情を確認する事は叶わないけれど、それでも決して冗談を言っているようには思えなかった。

「……ただ」

希望があると言った。

なのに、どうしてか彼女は今度は諦めるように言葉を並べ立てようとする。

「わたしの部下三人がかりでも止められなかったって事はその赤髪さん、それなりに強いと思うんだよね。……だから最悪の場合をやっぱり想定しとかなくちゃいけない」

困ったもんだよ。本当に。

そう言ってフィオレは深いため息を吐いた。

そして程なく何処からともなく聞こえてくる破壊音。何かが暴れでもしているのか。

心なしか、空気がびりびりと震えていた。

「いけない、んだけども……多分、これはもう手遅れっぽいねえ……」

遠目からでも確認出来る漆黒のナニカ。

それは、得物だった。

剣に限らず、槍や戦斧、鎌と、形状に一貫性は皆無。けれど、それら全てが何処からか浮かび上がっては一定の場所目掛けて殺到する。

そしてそれを尾のようなもので事もなげに薙ぎ払う巨大な生命体。

「アバルド!!」

「……何でしょうか」

「こうなったらもうどうしようもない。だから、予定通り、プランBでいく。わたしが此処で時間稼いどくからビエラちゃんが帰って来るまで〝あの場所〟に戦線敷いておいて」

「……承知いたしました」

プランBは、フィオレ・アイルバークが単独で可能な限り時間を稼ぐ事。

そして、その上で先程まで俺達がいた地下通路の付近にて、残りのメンツで戦線を敷くという作戦。

彼女らの目的とはつまり〝ミナウラ〟の外に〝ジャバウォック〟をどうにかして出さないようにする事、ただそれだけ。

「〝ミナウラ〟の外にあんな化け物を出すわけにはいかないからね、出来る限り粘るつもりではいるけど、みんなに準備怠るなって言っといて」

直後、「分かっています」とだけ告げて、アバルドが騎乗する魔物が行き先を反転。踵を返して来た道を戻らんと、行動に移していた。

「……ほんっと、政治ってのは面倒臭いよね。アレさえなければもうとうの昔に〝ジャバウォック〟は討伐出来てた筈なのに」

ため息まじりにフィオレが言う。

「……それはどういう事ですか」

「国の方針でね。上は取れるところからはとことん金を絞り取りたいんだよ。だから、〝ミナウラ〟で魔物が大量発生するこの時期に村を回ってわたし達が人手を募りに向わなきゃいけない。それを断れば税を上げるって正当な理由を作り上げる為に。仮にわたし達がそれをせずに討伐を行えば、村は応じなかったとして無条件で税は上げられる。〝ミナウラ〟の入り口で門番に会ったでしょ？　あれ、わたしの部下じゃなくて上から寄越された騎士なの。だから、虚偽の報告もできやしない」

「…………」

すぐには、うまく言葉が出てこなかった。

その言葉の真偽は分からない。

けれど、疲労感の滲んだ声音。そしてこれまで会話を交わしてきた事で分かったフィオレの為人。

それら全部加味して判断するならば、とてもじゃないが彼女の発言が嘘とは思えなかった。

「昔ねえ、わたしの部下が人手を募りに向かった際に、ちょっと揉めちゃって怪我したんだよね。

それがちょっと下手すれば死んでたかもしれない怪我で。それ以降ビエラちゃんがその役目を自分がやると言って聞いてくれなくてね。だけど、今回ばかりはやっぱり止めるべきだったなあ」

もう何を言っても今更すぎるんだけどね。

と、投げやりにがしがしと髪を掻きあげる。

そして、掻き混ぜる。

「……どうして、その事を今俺に？」

「あれ？　ビエラちゃんがここにいない理由とかが気になってたんじゃないの？　結構顔に出てたよ」

「それ、は」

「〝ジャバウォック〟はね、本当に余計な事を考えながら倒せるような相手じゃないから。だから、わたしに答えられる事であれば今だけ出血大サービスで何だって答えちゃうよ」

それでキミが生き残る事が出来る可能性が数パーセントでも上がるのならば安いもんだと彼女は当然と言わんばかりに口にする。

「って、言ってる間にもうすぐ側にまで来ちゃった」

意外と近いもんだねと、冗談を言うように。

そして漸く目視できる距離に届く。

遠間から漆黒の得物が見えた時点で確信を抱いていたのだが、それでも術者を直に目視しなければ絶対とは言えなかった。

そして今、

「────────シヴァ!!!!」

手前勝手に〝ジャバウォック〟と相対する赤髪の男────────シヴァの名を聞こえるように力強く叫び散らす。

「……あ、ん?」

まさか、上空を飛行する魔物の背中に人が乗っているとは思いもしなかったのだろう。

実際、彼の能力がフィオレが使役する魔物に牙を剝きかけていたから叫んだという事もあるのだが。

そうして直後。

俺は忙しなく、「行ってくる」とだけ告げて宙へと身を投げ出した。

「え、っ、ちょ、まっ、ええええええ……」

少しは様子を見るって事しようよ!!

と、声が聞こえて来たがもう遅い。

それに、〝屍骸人形(マリオネット)〟という魔法を持つフィオレであれば、魔物に騎乗したままで何も問題はないが、俺の場合は剣を振らなければただの重りなだけである。

故に、様子を見る見ないどちらにせよ、乗ったままでは戦えないからと宙に身を投げた俺の判断は当然の帰結とも言えるものであった。

だがしかし。

今、それを実行に移すのは些か時期尚早過ぎた。宙に身を投げ出した事で集まる注目。

そして、やって来る――攻撃。

どうやら、シヴァに続き、俺までも巨大な生命体――〝ジャバウォック〟に排除対象として認定されてしまったらしい。

けれども。

「あぁ、もう、世話が焼けるなあっ!!」

投げやりに発せられたであろう声音が俺の鼓膜を揺らす。〝刀剣創造(クリエイト)〟にて足場を創造しようと考えた俺より先に、解号が紡がれた。

「わたしは時間稼ぎがしたいだけなのにさぁ!! あぁぁあ! もう!! どうにでもなれ!! 起きろ――〝埋め尽くす屍骸人形(パレード)〟ッ――!!!」

やがて、シヴァが倒した魔物を始めとして、ボコリ、と彼方此方(あちこち)で地面が隆起。

地面から芽を出すように、次から次へと屍骸が生まれ、視界を埋め尽くし――程なく、何処からともなく放たれた赤い奔流が俺を襲う筈だった攻撃の軌道を綺麗に逸らしてくれていた。

「……はぁん、成る程。誰かはでしゃばって来るとは思ってたが、よりにもよって〝屍姫〟か」

感嘆めいた物言い。

勝手にシヴァは一人で納得をしていた。

途中聞こえた〝屍姫〟というワード。

それは恐らく、フィオレを示す言葉なのだろう。

地上からこぼした何気ない一言だったにもかかわらず、「次、わたしをその名前で呼んだらキミからブッ殺す」と、割と本気めのトーンでフィオレが静かにシヴァへ告げていた。

そして、俺は魔法を使って足場を作り、利用する事で勢いを殺し――――何事もなく着地。

「何処かでまた会うとは思ってはいたが、案外早かったなぁ？　ユリウス」

「……独り占めはズルくないかなあ？」

「はん、知らねえのかよ。こういうのはな、早い者勝ちなんだよ。……にしても壮観だな。〝ミナウラ〟はフィオレ・アイルバークの庭とはよく言ったもんだ」

領民ゼロの荒れ瘦せた大地を治めているのは若き二人の姉妹。〝屍姫〟と〝戦姫〟と呼ばれるアイルバーク家の息女達。

「魔物発生の時の為に大地に魔物の屍骸を埋め、己の手駒を潜ませておく。同時に使役出来る数は百を超えるとは聞いちゃいたが、誇張じゃなかったとは恐れ入る」

そう言って、地中から現れいでた魔物共に向かって感嘆めいた言葉をシヴァは投げ掛けていた。

ただ、一つ疑問に思う。

眼前に広がる光景を前に、感心するシヴァからはどうしてか、目の前の巨大な生命体――――〝ジャバウォック〟へ今すぐに攻撃を仕掛ける気配が感じられなかったのだ。

……いや、戦意は確かにあるのだと思う。

現に、〝刺し貫く黒剣（グラディエーダ）〟と呼んでいた魔法を行使し、今も尚、警戒するようにシヴァは漆黒の剣を浮かばせているから。

しかし、八方塞がりの状況にでも陥っているのか。警戒心を向けるだけでアクションを起こそうとはしていない。

「ところで、早い者勝ちって言ってたけど、仕掛ける気がないんならアレ俺が貰っちゃうけど？」

そんな悠長な事をしてると俺が奪ってしまうぞと。

けれど、その言葉に対して反論がやってくる事はなかった。

うるさいだとか。黙っとけ、だとか。そんな威勢の良い言葉は一切聞こえてこない。

そして、俺の予想とは裏腹にシヴァは苦し気に静かに口を歪めていた。

程なくその口を開かせ、何かを俺に言おうとして、

「なら、俺が貰う」

直後。発言を遮るように、俺がそう口走った。

きっとナニカがあるのだろう。

シヴァが躊躇してしまう程のナニカが。

だから恐らくシヴァはアドバイスか何かでもくれようとしていたのかもしれない。でも、その答えを聞くより先に俺は彼から視線を外した。

情報は大事だ。

戦闘において、それは一、二を争う程のものだと俺も思ってる。ただ、俺が得るアドバンテージ

は、〝星斬りの記憶〟だけで十分。寧ろこれでも、貰い過ぎなくらい。故に。

「何が立ち塞がろうが関係ない。何もかもを斬り裂くから、〝星斬り〟なんだよ」

己が身を弁えない大口。

でも、星を斬るのであればそのくらいで丁度いい。

「……随分とデカい口叩きやがる」

面白おかしそうにシヴァは笑っていた。

「なにせ俺は、〝星斬り〟だからね」

とんでもなく現実離れした偉業を成すのだと宣うような阿呆の発言は、これまた尋常とは程遠いと相場が決まってる。

そう、胸中にて己を納得させて破顔した。

涯なき渇望はどこまでも心を焦がす。

俺の頭の中に存在する〝星斬り〟の男の技術は紛れもなく最強である。一片の揺らぎすらなく頂点に位置している。誰が何と言おうと、至上であると俺が認識している。

――――俺がそう思うのだから、きっとそうなのだ。

理屈らしい理屈もないのに、どうしてかその感情はどこまでも信が置けた。

「そういえば、そうだったな」

「うん。そういう事」

俺のすぐ側にいるシヴァの力量は知っている。

賊との戦い。〝ミナウラ〟から飛び出そうとした魔物の対処。それらを見てきた俺だからこそ、俺の力量はシヴァを凌駕出来ていないと言い切る事が出来た。そして、それが揺るぎない現実。

今から相対する敵は己より高次に位置すると判断したシヴァが、様子見をしようと試みていた相手。普通に考えるならば今から俺が起こそうとする行為は無謀であるとその蛮勇を嗤われて然るべき場面。

だけど、それを何と俺は黙殺する。

絶対的な厳然たる差があろうが。壁があろうが。障害が立ち塞がろうが――――〝星斬り〟ならば、その常識を尽く斬り裂いて先へ進むまで。

俺の中で、いつまでも燦然と煌めく記憶。その本来の持ち主たる男は、そうやって道を切り開いていた。憧れへと、手を伸ばし続けていた。

故に答えは既に、己の中に。

「だ、から――――」

気が付けば、全身の血液が沸騰したような感覚に見舞われていた。

同時に、何かが囁いてくる。

斬れ斬れ斬れ斬れ。真正面から斬り伏せ、あのデカブツをさっさと倒してしまえ。

普段ならば訝しむところであるが、今の俺は微塵も疑問に覚える事なく、それに従うように腰に下げていた剣を抜いて――――

「とりあえず、一当てしてくる」

どこか不気味に黒く変色した土塊を後方へと蹴り上げ、肉薄を始めた。

一呼吸。二呼吸。

時間を経るごとに変わりゆく視界の景色。

〝埋め尽くす屍骸人形(パレード)〟と呼ばれていた数多(あまた)の魔物だったものに気を取られかけるも、自制。

そして丁度、〝ジャバウォック〟は俺ではなく、先の攻撃を邪魔した原因へ敵意を向けた後

――――尾を振るおうとしていた。

好機到来。

そう判断するや否や、ミシリと音を立てた事に目もくれず、より一層思い切り柄に力を込める。

図体がどでかい分、完全には避けられまいと判断して頬が裂けたような笑みを俺は浮かべた。

〝ジャバウォック〟との距離は既にあと十数メートルといったところ。

駆け走る現状。此処ならば、今から撃ち放つ動作に入っても十二分に届くと判断。

だから、脳天目掛けて撃ち放て――――。

故に一切の躊躇いなく、

「――――〝流れ〟」

渾身の一撃を叩き込もうとした刹那。

筆舌に尽くし難い違和感に突として襲われる。

ジワリと走る脳の内側を灼くような痛み。

直後、どうしてか、酩酊感のようなものに全身が支配される。

「……あ？」

そのせいで踏ん張り切れず、踏み外す。

たたらを踏み、どうにか体勢を立ち直そうと試みたところで漸く感覚が元に戻る。

――――なん、だ……？　今の感覚……。

先の不思議な感覚に対し、黙考。

しかし。

「おいユリウスッ!!!　余所見してんじゃねぇよ!!!」

直後にやって来た頭に響く怒声のお陰で我に返る。気付けば、標的を俺へと変えていた〝ジャバウォック〟の尾がすぐ側にまで迫って来ていた。

「く、そがッ」

不幸中の幸いか。シヴァの声が聞こえた時点で、俺の手は既に剣を盾にせんと動いていた。

程なく衝突。

やって来るかつてない衝撃に、眉根が寄った。

そしてふわりと大地につけていた足がそこから離れる。軽々と、俺の体軀が浮き上がっていた。

「チィ……――――ッ!!」

助かったという言葉を向けようと一瞬、視線を向けた先――――シヴァは舌を打ち鳴らし、天に向かって手を掲げていた。

連動するように動き始める浮遊する漆黒の得物の数々。恐らくは助けようとしてくれているのだろう。だけれど、今はまだ、必要ない。

そう己に言い聞かせ、盾がわりに扱っていた剣の柄へと左手も伸ばし、両手で握る。

「っ、ぐぅ――――ッ!!」

思い切り歯を食いしばり、薙ぎ払わんと繰り出された尾による一撃を耐えて、耐えて、耐えて
――――そして、宙に浮かされた状態のまま、今出来る最大級の不敵な笑みを浮かべる。


今は、贅沢を言ってる場合じゃない。

だから過程なぞ、すっ飛ばせ。

胸中でそう言葉を並べ立てる。

そして、先程強引に中断させられた技を、震える手でもう一度行使せんと試みる。

「こ、んの……――――っ」

剣を中途半端に振り上げ、己を襲う攻撃をやっとの思いで耐え忍んでいる状態。

足は地面に付いておらず、踏ん張ることすら不可能。どう足掻こうが、宙に浮いてしまった時点でなされるがまま、突き飛ばされる未来しか待ってはいない。

けれど、どうしてか、そんな状況下でも何とかなる気がした。だから、抗う。

己に出来る最大の抵抗を見せる。

「なめる、なあぁぁあぁあぁぁぁッ!!!」

魔力が巡り、得物が僅かに発光。

そして程なく、ぐぐぐと常識を度外視して押しやられる速度が目に見えて激減。

劣化模倣の更に劣化。

故に、その技の名を口にする事すらおこがましく、とてもじゃないが言葉に出来なかった。

だから、人知れず胸中だけで。

己に牙を剝く鋼鉄のような尾に向けて一言。


――〝流れ星〟――


直後、めきりと剣越しに何かが壊れる感触が、強引にそう呟きながら振り抜いてみせた俺の下に届いた。

なれど、必殺の一撃が決まろうと、悦に入る余裕なんてものはやってこない。

目まぐるしく変わる状況。

虚空を彩る赤黒の鮮血。

斬ったと認識をした直後、直接心臓を鷲摑(わしづか)みにでもされたのではと錯覚してしまう程の重圧が俺という存在を覆い、連動するように這い上がる悪寒に身がぶるりと震え上がった。

――ま、ず……っ!!

それは、確かな予感だった。

己の死という確かな冷たい予感。

それを本能で感じ取り、俺は足が地面につくより早く、〝刀剣創造（クリエイト）〟にて足場を作るや否や、鋭い呼気を吐きつつ後退。

直後、先程まで俺がいた場所へ轟音を伴って大地より勢いよく上空へ向かって生える鋼鉄の尾。

「デタラメ過ぎる、だろッ!!?」

予備動作は一切見受けられなかった。

まごう事なき、不意の一撃。

一瞬前の予感に身を委ねていなければ今頃俺は串刺しであった。そんな未来を幻視して、なりふり構わずヤケクソに叫び散らす。

そして、傷を与えてしまった事で俺へと向けられる規格外の殺意の波動。

程なく四方から鋼鉄の尾が繰り出される。

一体幾つ尻尾持ってんだよと思わず叫びたくなる。だけれど、そんな暇は何処にも存在しない。

「これ、は……ッ!!!」

避けるか。斬るか。

迫られる究極の選択。

しかし、俺が取捨選択をするより早く轟く二つの声。

「────伏せてッ!!」

「────〝刺し貫く黒剣（グラディエーダ）〟ッ!!!」

殺到する灼熱の奔流と、漆黒の数多の凶刃。

それらがフィオレとシヴァからの援護であると瞬時に理解。胸中で感謝の念を抱くと共に、ざり、と音を立てて思い切り大地を踏み締める。

ほんの僅かに、脚をバネのように曲げて予備動作。そして————再度の肉薄。

眼前に存在する的は特大。

これであれば目を瞑っていても当てられる。

故に、集中力は全て剣に向けてしまえ。

それ以外にリソースを割くな。

無駄だ。邪魔だ。捨て置け。

「こん、どこそ————ッッ!!!!」

向けられた攻撃はシヴァとフィオレが対処してくれた。なら、俺がやるべき事はこのまま〝流れ星〟を撃ち放つという行為だけ————。

はぁっ、と大きく息を吸い込み、血潮の猛りに身を任せる。そして、

「————」

やって来る空白の思考。

俺の視界が突然、いいいい、またしても斜めにずれた。

気付けば俺は足を、踏み外していた。

「だ、から……っ!!!」

なんで正常に剣が振り下ろせないんだと嘆くように目を怒らせ、目の前の理不尽に対する言葉に

ならない憤怒を吐露する。

全身を支配して来る酩酊感。

心なしか、ぐにゃりと視界も歪んでいた。

「―――く、そがっ」

思わず飛び退く。

すると、身体を支配していた酩酊感が消え、視界も元に戻っていた。

けれども、お陰でずしりとのし掛かる疲労感。そのせいで一瞬だけ、反応が遅れる。

「―――――ッッ!!!!!」

言葉にならない〝ジャバウォック〟の叫び声―――咆哮。同時に、ほんの一瞬の意識の間隙を突いて繰り出される前脚による脚撃。

颶風を伴って放たれたその一撃。

最早、来ると分かっているのに身体が正常に動いてくれない。

「あがッ」

衝突する鉤爪と、剣。

しかし、地力の差は火を見るより明らか。

残酷な現実は容赦なく俺に襲い掛かる。

まともに抵抗出来ていたのは一秒あったかどうか。やがてやってきた一撃を剣で受けた事でその衝撃を一身に受けてしまい、塵芥のように吹き飛ぶ身体。

「っ、ぐ――――!?」

砂煙を巻き込みながら視界の中で忙しなく移り変わる天と地。まるでボールのように何度も地面をバウンドした後、十数秒経て漸くその勢いが衰え始め、ずざざと地面に身体が擦られながら止まる。

「随分と変わった戻り方すんだな」

「うっ、さい」

ぐぃ、と手の甲で鼻から垂れる鮮血を拭う。

どうやら俺は、シヴァのすぐ側にまで力任せに飛ばされていたらしい。

ほら言わんこっちゃねえと言わんばかりの言葉が俺の鼓膜を揺らしていた。

先のやり取りのせいで身体のあちこちに擦り傷が生まれてはいたが、上手く防御出来ていたのだろう。致命傷は何一つとして負ってはいない。

十分及第点と言っていい筈だ。

「とはいえ、あれで身を以て理解しただろ？　……あのデカブツに接近して攻撃を仕掛けんのはほぼ不可能にちけえ」

「……結局、あれは何？」

「〝魔法〟だろうよ。ごく稀にだが、変異種と呼ばれる魔物共の中に先天的に〝魔法〟を扱えるヤツが現れる、なんて話を何処かで耳に挟んだ事がある」

当時はとんだ法螺話を語る奴もいたもんだと思ってたんだがな。どうやら違ったらしい。

まるで勘弁してくれと言っているかのような口振り。しかし、当の本人たるシヴァの面貌は喜悦に歪んでいた。口角を吊り上げるその行為は紛れもなく歓喜のあらわれである。

――――心が躍る。

そうでなくては。

いや、そのくらいじゃなきゃオレの名は轟かねえよなあ、などと愉快な持論を今頃胸中で展開しているのではないだろうか。

何となく、そう思った。

「……だが、遠間からちまちま攻撃仕掛け続けていても埒あかねえ。だから、何とかあの魔法の穴を見つけたかったんだが」

八方塞がりだとため息をついた。

先程、俺を向かわせた理由も、何らかの糸口を掴めるきっかけになれば、と思っての事だったのだろう。

「普通、あんだけ的がでかけりゃ、オレの魔法は有効的な攻撃手段となり得る筈なんだが、外殻が硬過ぎるせいでロクに攻撃が通りゃしねえ」

峨峨（がが）たる城壁の如き防御力を有する外殻の前には、生半可な攻撃は微塵も通らない。

「オレみたいに、極限まで〝魔法〟を突き詰めようとしてこなかった人間とは最悪に相性が悪ぃ」

〝刺し貫く黒剣（グラディエータ）〟を見せられているとつい、勘違いをしてしまうが、シヴァは剣士である。

剣士とは基本的に、接近し、剣を振るって斬り裂く事を当然としている。

故に、得体の知れない〝魔法〟のせいで迂闊に近づけない今、打開策を模索しながら時間を稼ぐしかないのだと彼は言った。

「極め付けに、あの再生能力と背中に生えてやがる趣味悪ぃ翼だ。空に飛ばれる前に地上で一撃で仕留めとかねえと面倒臭い事になるだろうなぁ」

……シヴァの言う通りであった。

先程、俺が斬り裂いた筈の尾は程なく断面同士が合わさり、キレイさっぱり再生を遂げていた。

だからだろう。

執拗に追撃される事はなく、己を取り囲むフィオレの魔法――〝埋め尽くす屍骸人形〟へと俺から既に焦点を変えていた。

まるで、それは済んだ話であると言わんばかりに。

「……だろうね。飛ばれると面倒だ」

フィオレが〝ピィちゃん〟と名付けた魔物との戦闘を懐古しながら俺は言う。

しかし現実、俺とシヴァの手に、〝ジャバウォック〟に対する有効的な攻撃手段は一つとして存在していない。

しかし、倒したい。どうにかして、あのデカブツを叩きのめしてやりたい。

――――ならばどうする。

「だから、早いところどうにかして斬るしかない」

がしゃり、と親しみ深い金属音を立てる。

それが自問する言葉に対する答え。

どこまで煎じ詰めようが、俺という存在が剣士である限り、斬り裂くくらいしか倒す手段は残されていないのだ。

「いいように弄ばれてたヤツが言っても説得力ねえよ」

面白おかしそうにシヴァはケタケタ笑う。

「まぁね」

「で、なんだ？　何か取っておきでも隠し持ってんのかよ？」

自信ありげに語る俺の様子から、彼はそう判断。

続け様、策があるんならもう一回くらいは譲ってやってもいいぜとシヴァは言った。

どうにかして接近したいと考えるなら、必然、接近を試みてあの〝魔法〟の穴を見つけるしかない。それを分かっているから、シヴァは倒したいと口にしながらも俺にまだ譲ると宣ったのだろう。

「当然。なにせ俺は〝星斬り〟だからね。奥の手なんてものはそれこそ、両の手で数え切れないほどあるよ」

――――ただ、その半数以上は今の俺じゃこれっぽっちも扱えないけど。

この状況で弱音を吐くわけにもいかないのでその言葉は胸中にて留め置く。

「……言うじゃねえか」

なら、ぜひとも見せてくれよと。

喜色に染める表情から感情を読み取り、期待に応えんと、彼に倣うように俺も笑う。

ぶっつけ本番。

まさかこんな事になるとは思ってもみなかったので一度として試した事すら無い。

というより、試す段階に至れてなかった。

ぶっちゃけると、今もそれは変わらない。

しかし、俺に用意された選択肢は一つだけ。

やる。やらない、ではなく、やる。その一つのみ。

故に。

「時に――」

まだ明るいとしか形容しようがない空を仰ぎながら俺は何の脈絡もなく、頓珍漢な言葉を述べる事にした。

「――シヴァは、星が降る夜を目にした事はある？」

十八話

脳裏に浮かんだのは――――かつての情景。
記憶の裡。

◇◇◇

『――――お前のソレは、最早病気だ。来る日も来る日も〝星斬り〟、〝星斬り〟ってよ』

果てし無く広がる荒野。

数刻前まで轟音が忙しなく轟いていた戦場の空は、暗雲に閉ざされ、不気味な斜陽に染められていた。

すぐ側で、挑発でもするように言葉を突きつけられながらも、もう一人の剣士の男は『そうだな』と言って笑うだけであった。

『これは最早理屈じゃないんだ。……そして、この行為をどこまでも貫こうとする私の正気を証明する手段なんてものも何処にもありはしない』

だから――――好きに宣えと。

別に理解なんてものを求めた覚えはなく。それはこれまでも。これからも一切変わらない不変であると剣士の男は言う。

『言ってしまえば、それこそ当人たる私にだってソレは分からん。お前の目に、異常と映る程〝星斬り(それ)〟に執着を見せる私は本当に正気でないのかもしれないし、これはただの杞憂なのかもしれない』

ただ、やはり理屈ではないのだと。

他でもない己が正しいと判断している。ならば、その道に殉ずる理由はそれだけで十分。

共感はいらないし、理解もいらない。

同情も、ましてや協力も、全てを必要としていない。だから、私以外の人間にどう思われようが関係ないと剣士の男は締めくくった。

『……へっ、完全に手遅れだよお前は』

『知っている』

『そんなに、約束ってもんは大事かねえ？』

『無論』

刹那の逡巡すらなくそう言い切ってしまう。

他者の意見にこれっぽっちも耳を傾ける気がないと言わんばかりの頑迷具合に思わず、話し相手の男は空を仰いでいた。

相変わらず手の施しようがねえよと、愚痴をこぼしながら。

『……幼少の、それこそ、物の道理すら十全に理解してるか怪しかった頃の大口だ。私も馬鹿げてるとは思うが、それでも果たす他ないだろうが？　それが、既に死んだヤツとの唯一の約束とあっては、な』

『幾ら何でも律儀過ぎんだろ』

『お前もきっと、いつか分かる』

――――たとえこのまま死ぬとしても、あたしは怖くないよ。……だって、私には＊＊＊＊がついてるから。だから、怖くない。怖くはないよ。たとえ死んだとしても、あたしは星になって、特等席で＊＊＊＊の勇姿を見届けるだけだから。

『あんな真っ直ぐな目で、ああ言われては、私は断れんよ。無様は晒せんよ。だから、一生涯を懸けてでも、私は星を斬ろうと試みるのだ。……いいや、一生涯どころじゃない。この生がダメなら次の生。それでもダメならその次の生。当然のように間違いなく私であるならば、費やす』

幼少の頃の戯言だったというのに、彼女はそれを馬鹿正直に信じ切っていて。

……命旦夕(めいたんせき)に迫る中、そんな姿を見せられては、たとえそれが法螺話だろうが、真実にしなくちゃいけないだろうが。

それが、どこまでも理解されない剣士の男の根幹。戯言でしかない〝星斬り〟を成すと口にして止まない理由。

『……やっぱ、お前は正気じゃねえわ。んな真っ直ぐな目で、そんな言葉を当然のように宣える人間が正気であってたまるものか』

────お前のソレは、病気を超えて最早呪いだ。

相手の男から見て、剣士の男の瞳はどこまでも真っ直ぐだった。瞳の奥に湛えられる決意と覚悟は紛れもなく本物だった。

けれど、そこに宿る煌めきはどうしようもなく危うく、とてもじゃないが正気であるとは口が裂けても言えなかったのだ。

『ま、ぁ、お前の言葉は分からないでもない。確かに、星を斬るなんて戯言をほざくには、正気じゃ到底無理な話だ』

しかし、既に成すと決めた。

何を犠牲にしようとも、星を斬り、証明すると決めた。

誓ったのだ。あの時、あの場所で。

剣士の男は肯定したのだ。

彼女の、あの言葉を。否定をして今まで通りの生活をするという選択肢もあった。平凡な剣士として、生き続けるという選択肢は確かにあったのだ。

しかし、剣士の男は見栄を張る事を選んだ。

平凡に、という選択肢を他でもない彼が握り潰したのだ。

だから、どうあっても背は向けられない。

『けれど、私は斬るしかない。それが全てだ』

『だから、己を追い込む為に吹聴してるってか？　馬鹿の一つ覚えのように、私は〝星斬り〟だから、〝星斬り〟だからってよ』

『さてな』

『……はっ、俺とお前。一体何年の付き合いだと思ってんだか』

『……それもそうか』

彼らは親友だった。

幼馴染みとも呼べる間柄であった。

だから、大抵の事は言葉を尽くすまでもなくお互いがお互いに理解出来てしまう。

故に、剣士の男は観念したように、

『……丁度良いのだ。〝星斬り〟という言葉は私にとって何より丁度いい。その言葉は、何度でも熱に浮かされる私に現実を叩きつけてくれる刃となってくれる。私の自信をズタズタに斬り裂いてくれる。だからこそ、丁度良いのだ』

そう、口にする。

『〝星斬り〟と名乗れば必然、笑われる。夢見がちな男と大半の人間は嘲笑うだろうな。馬鹿にするだろうな。なにせ、それだけその行為は途方もない偉業なのだから。しかしだからこそ、私は〝星斬り〟と名乗らなくてはいけない』

笑われるという事はつまり、己の武が星を斬るまでもなく、未だ誰もが認める〝最強〟から程遠いという事実に他ならないのだから。

『結局、何が言いてえんだよ』

『そうだな、私は星を斬ったから〝星斬り〟なのではない。星を斬るから、私は〝星斬り〟なのだ』

『……ったく。んなこと言われても違い分かんねえよ』

もっと分かりやすく簡潔に言いやがれと、投げやりに男はため息を吐いた。

しかし、男は程なく相好を崩す。

何故なら、言葉を交わす剣士の男はそういうヤツなのだと彼は理解した上でこうして行動を共にしていたから。だから、お前らしいよと最終的にはいつも笑えてしまう。


男が、こうして己を〝星斬り〟と名乗り続ける阿呆と共に行動する理由はただ一つ。

単純に放っておけないからであった。

決して口にはしない。

約束したからと恐らく彼は死んでもその言葉だけは口にしない。

しかし、間違いなく薄らと理解してしまっている筈なのだ。きっと、己に〝星斬り〟を成す事は不可能であると。

けれど、誰かの為に必死にその生を捧げ、誰かの為にそれたらんとする。

その為に心血を注いで足掻く姿は何処までも滑稽で、醜くて、哀れで、華奢な腕よりもずっと儚くて――――そして、それはどうしようもなく尊かったのだ。

『っ、と。そんなこんなと言ってる間にお迎えが来たみたいだなぁ?』

ここは焼け灰舞う涯なき荒野。戦場の大地。

争乱は未だ終わりを知らず。

『どうやら奴等、俺らの事はよぉく知ってるらしい。やけに踏み込んでこねえと思ったら、後ろにヤバそうな魔法使いを潜ませてたとはなあ。近接じゃ勝負にならねえからってか？』

距離は目算数百メートル。

豆粒のようなシルエットと、やや大きめの魔法陣が虚空に描かれている事実を認識出来るくらい。

『どうするよ？　なぁ――――〝星斬り〟』

悩んでも構わねえが、あんまし時間は残ってねえぞと男は緊張感の感じられない笑みを浮かべながら口にする。

『時に、お前は〝星が降る夜〟を見た事はあるか』

『あん？』

『アレは理不尽の塊でな。星の速度なんてものは人間の足では到底追い付かないと知りながら奴等、唐突に降ってくるのだ』

私はどうにかして斬りたいというのに、あれでは斬るに斬れないと彼は言う。

『空に浮かぶ星を斬る肩慣らしに、降り注ぐ星でも斬ろうかと思ったのだが、これがまた難しくてな。降ってくる場所が分かっているならまだしも、分からないにもかかわらず空から降る星をまともに斬る事は不可能だと悟ったさ』

『ほぉ？　お前にしちゃ随分とまともな意見じゃねえか』

『だから、対抗して私も星を降らせる事にした』

『……訂正だ。お前はやっぱりお前だったわ。ぶれる余地っつーもんが微塵も感じられねえ』

『剣が届かないのであれば、どうにかして剣ではない斬るという攻撃手段を届かせるまで』

『……何する気だ？』

『言っているだろうが。私も星を降らすと』

「……星が降る、夜？」

「あれは綺麗なものでね。目にも留まらぬ速さで夜闇に紛れて無数の星が降り注ぐんだ」

この目で実際に見た事はないが、それでも記憶が覚えていた。星が降る夜の幻想的光景を。

「……それが一体どうしたってんだ」

「簡単な話だよ。接近出来ないのなら、接近せずに倒すまで。何も、近づかないと斬り裂けないだなんてルールは何処にも存在しないんだから」

故に————俺も星を降らす事で対象を斬り裂いてやる事にした。

「……成る程な。だが、じゃあなんで初めからそうしなかったよ？」

「痛いところを突くね」

「当然だ。オレがあんたの立場なら、一番初めに接近した際に違和感を覚えた直後、それにシフトする。間違いなくな」

「…………ん」

そして挟む一瞬の沈黙。

やがて、

「本音を言うと、その技に対する自信ってものが絶望的なまでに無くてね」

本音を吐露する。

続け様に、どうなるかは分からないけどと前置きをしてから、

「まぁ、取り敢えずやってみるよ。なにせ、此処は親だろうが使えるものは何だろうと使う場所
——〝ミナウラ〟の街。分不相応な記憶だろうが、そこに例外なんてものはないんだから」

「あ、ん？」

どういう事だ？　と、眉間に皺を寄せるシヴァ。しかし、それに対して馬鹿正直に説明する事なく、俺は彼の言葉を遮った。

説明をしようものなら間違いなく、膨大な時間を要する羽目になるから。

「で、なんだけど、シヴァに一つ謝らなくちゃいけない事があるんだ」

これは星が降る夜を模した技。

流れる無数の星を叩き落とし、それを斬り裂かんと願った一人の規格外が編み出した〝星斬り〟の技である。

「もし、万が一に上手くいったとして、シヴァにも少なからず被害が出ちゃうかもしれないから」

だから、ごめんねと予め謝っておく事にした。

「……なんだ、そんな事かよ。なら構わねえ。ちょっとやそっとでくたばる程オレはやわじゃねえよ」

「それもそっか」

シヴァの強さは既に俺の知るところ。

俺が繰り出す劣化模倣であれば、いらぬ心配であったかと、軽く笑う。

そして。

「じゃあ、お言葉に甘えて試してくるよ」

直後に思い浮かべる俺にだけ許された魔法の言葉。

足場を創り出す為に、俺はそれを言い放った。

「――――〝刀剣創造(クリエイト)〟」

一歩、二歩と、刀剣を足場にして宙を駆け上がる。

攻撃を当てるのであれば、急所(頭部)を狙う。それが、闘争に身を置く者達が当然であると認識している鉄則。

故に、見上げても尚、全貌の見えない〝ジャバウォック〟の全貌を見下ろす為に俺は上空へと無心に駆け上がる。

そしてやがて、地上から十数メートルへと駆け上がったあたりで、

「――――ふ、はっ」

薄い唇を吊り上げ、瞳を細めて俺は笑った。

……というより、笑うしかなかった。

宙を駆け上がった事で、一時的に俺と〝ジャバウォック〟の視線の位置は同じとなった。

故に、更に強く感じられる圧倒的な威圧感。

その規格外の大きさにぶわりと一気に汗腺が開く。

全身を覆う緊張感を誤魔化さんと浮かべた笑みは過去一番に変な笑みであった。

鏡を見ずとも、それだけは理解出来た。


「ちょ、何してるのユリウス君ッ!?」

どこからともなく悲鳴のような叫び声が聞こえた。それは、フィオレの声。まるで狙ってくれと言わんばかりに宙を駆け上がった俺の行動が理解出来なかったのだろう。

ただ、フィオレには悪いがその声を俺は黙殺した。

……どくん、と普段よりずっと大きく響く心音。それら全てが耳障りであるとして、無視を敢行。

そんなものに気を取られるな。

集中だ、集中。

ちゃんと思い浮かべろ。思い浮かべて、模倣しろ。意識は全て、剣にのみ向けておけ。

ひたすら己にそう言い聞かせ、全ての音をシャットアウト。肌を撫でる風にすら気は向けない。

「————は」

身体を巡る酸素が希薄となって漸く、呼吸すらも忘れて集中していたのだと理解。慌てて肺に空気を取り込みながら、俺は剣を天高く振り上げた。

行う事はただ一つ。

烈風の如く白刃を虚空に走らせる。

ただそれだけの単純な行為。

しかし、記憶の中の規格外過ぎる男は、たったそれだけの単純な行為をあろう事か〝魔法〟レベルにまで昇華させていた。

あの男は剣を振るう事で斬撃を生み出し、それを打ち放つ事で、〝星が降る夜〟を己なりに再現して見せていた。

〝魔法〟を扱えない人間が、自前の努力とセンスと天賦の才のみで、〝魔法〟レベルにまで技を昇華させた。剣を振れば振るほどその規格外のすごさが身に染みて分かる。

最早、人間技ではないと。

そもそも、剣を振るって斬撃を生み出すなんて事が出来るものか。数年剣を振っていたけれど、そんな事が起きる予兆というものはこれっぽっちもなかったのに。

「――――――!!!」

何かの叫び声だろうか。

びりびりと大気が震えていた。

お陰で剣を持つ俺の手すらもそれのせいで若干、震えてしまう。

「……俺はまだまだ未熟だから、ちょっとだけまたズルをさせて貰うよ」

言い訳をするように、そう告げた。


『キミがその、〝流れ星〟？　を放つ際に毎度の如く腕がへし折れる理由、やっと分かったわよ』

それは今から一年前の話。

冒険者の一人――――女剣士リレアは興味本位で俺の鍛錬に付き合う中で、そんな事をある日突然言い放ったのだ。

『キミって恐らく、〝魔力〟の扱いが恐ろしいくらいに上手くて、それでいてド下手なのよ』

『……どういう事？』

鼓膜を揺らしたのはそんな矛盾を孕んだ一言。

『キミも薄々は理解してたでしょうけれど、普通、剣を振っただけで腕が折れる程に自傷するなんて事はあり得ないの。何かとてつもなく頑丈な的に対して剣を振るったならばまだしも、キミの場合は宙に向かって振るっても腕がへし折れてる』

……本当に、その通りであった。

ただ、〝流れ星〟の威力が威力なだけに妥当な代償であると踏んでいた俺は疑問に思いながらも、勝手に納得をしていた。

しかし、リレアはそうでなかったのだろう。

どうやらその原因を模索していたらしい。

『唐突だけど、キミは〝魔力〟についてどこまで理解してる？』

『……〝魔法〟を扱う上で必要なもの。人間誰しもに備わってるもの。そのくらいかな』

『ええ。それで間違ってないわ。でも、若干言葉が足りてない。〝魔力〟ってものは、体外に何らかのカタチで放出する事で、〝魔法〟に昇華する存在なの。キミのように「創る」魔法であったり、魔法師のように、「打ち出す」能力であったり、〝魔法〟というものは多種多様に存在する。そしてキミの〝流れ星〟は、殆ど〝魔法〟に近いわ。……いいえ、それは最早、〝魔法〟に相違ないわね』

……ただ、私も使おうと思えば使えるでしょうけど、絶対に使いたくはない〝魔法〟ね。と、苦い顔を浮かべてリレアは小声でそう補足した。

『あえて言うならそれは、斬る魔法。本来、〝魔力〟は放出するか、均等に身体の中で巡らせるものなんだけれど、それをキミは〝流れ星〟を放つ時だけ、剣を持つ手へ一点集中させているの。〝魔法〟は〝魔力〟の集合体。つまり、キミの場合は極端な負荷をかける代わりに己の腕を限界まで強化してるって事。だから、必然、とんでもなく威力の大きい一撃が生まれる反面、耐え切れずに腕は折れる』

だからこそ、意識的か無意識的かはさておき、その技に至れてしまった点だけを見るととんでもなく〝魔力〟の扱いが上手い。

本来、腕に〝魔力〟を押し留めるなんて事は無理な話であるから。

ただ、にもかかわらず、毎度の如く腕を折るその様を見て、扱いがド下手であるとも彼女は指摘したのだ。

『一つ聞きたいのだけど、キミのそれ。一体誰から教わったのかしら？』

『……どうして？』

『だってキミ、その技が完全じゃないから、ずっとこうやって鍛錬してるんじゃないの？　自分が追い求める理想との差を、無くす為に』

『…………』

図星過ぎて言葉を失う俺に対して、

『私も一応これでも剣士だから、憧れに手を伸ばす気持ちは分かるのよ。私も、そうだから』

彼女はそう言って、笑ってくれた。

……とはいえ、リレア曰く、俺は〝魔力〟をためる事が出来る人間らしいけど、実際のところ〝魔力〟のため方なんてものは俺には分からない。

なにせ、意図的に一点に集中させようと試みるといつも失敗していたから。

成功するのは決まって、〝流れ星〟を放とうと試みるその時だけ。

「……はは」

リレアはそれを才能と呼んだ。

しかし、魔法や魔力に頼らず、目を見張るほどの威力を自前の力のみで撃ち放っていた男を見ているからか、俺はそれがズルであるとしか思えなくなっていた。

けれど、今の俺はそうしてでも修練を積み、一歩でも高みへ近づかなくてはならない。

俺のような凡人は、ズルをして漸くその土俵に手を掛けられるのだから。

故に、ソレを使う事に対する躊躇いは微塵もなかった。

「なぁ――――ッ!!　お前は、〝星が降る夜〟を見た事があるかっ!!」

堪えきれずに俺の口の端は吊り上がっていた。

いいからこっちを向けよ〝ジャバウォック（デカブツ）〟。そんな想いを込めて、腹の底から思い切り声を出す。

転瞬、フィオレが展開する〝埋め尽くす屍骸人形（パレード）〟と彼女に意識を向けていた〝ジャバウォック〟の焦点が俺にあてられる。

やってくるその緊張感は、やはり段違い。

けれど、それに構っている余裕なんてものは持ち合わせていない。だからこそ、既に振り上げた剣を振り下ろすモーションに移っていた。

チャンスは一回。

成功しても、しなくても、恐らく俺の腕がまともに機能してくれるのはこの一回だけ。

「無いんなら、精々刮目（かつもく）しとけよ……!!!　この、理不尽の塊を――――!!!」

〝星斬り〟の男が己の技と呼べるもの全てを、星由来にしている理由は、星という存在が理不尽の塊であると他でもない彼が認識していたから。

だから、理不尽の塊に対抗するには己もまた理不尽の塊になる事こそ近道である。

そう結論づけていたからこそ、彼の技は全て――――!!!

「撃ち墜とせ―――ッ!!!」

さあ、避けられるものなら避けてみろよ。

これから流れ落ちる光は全て、お前に牙剝く流星群(凶刃)。

重ね放つ怒濤(どとう)の星降(斬撃)に、逃げ場なんてものは存在しない。

「――― 〝星降る夜に(ナグルファル)〟 ―――ッッ!!!」

―――どうか上手くいってくれよ。

内心で密かにそんな事を考えながらも走らせる白刃。円弧を描く剣線。

そして、ソレは完成する。

皎皎たる望月より尚、眩い輝きを放つ―――それこそ、星のような輝きを伴った軌跡が十数と虚空に奔った。

「―――」

生まれる一瞬の空白。

水を打ったような静寂が本当に一瞬。

秒を幾つかに分割したうちの一ほどの時間でしかなかったが、それでも確かに場は驚愕に包まれた。そして程なくあがるのは、

「が、ァっ―――」

鼓膜を殴り付ける大声量。

痛苦に塗れた醜い絶叫が辺りに響き渡る。

迫り、降り注ぐ星光。

その速さは最早、瞬きをする暇さえ与えない。

「……はは……はははははは……!!!」

身体を支配するのは筆舌に尽くし難い高揚感。

ここぞとばかりに俺は笑う。縦横無尽に逃さんとばかりに剣を振るい、軌跡を描く。

描いて、描いて、斬り裂いて。

抑え付けていた感情の箍(たが)に罅を入れながら、馬鹿みたいに笑って、無心で剣を振るう事で漸く
――――痛みを限定的に無視する事が出来た。

一顧だにせず、堅牢な外殻を食い破り、殺到を続ける星光。そしてそれは上限知らずに未だ膨れ上がっていた。

自身の状態を確認。しかし関係ない。

何かが軋む音。

何処からともなく垂れ流れる鮮血。

全身を奔り抜ける突き刺すような痛み。

しかし、関係がなかった。

「――――!!!」

呻き声が聞こえた。

転瞬、憎悪のような憤怒のような。

どす黒い感情を湛える〝ジャバウォック〟の瞳の色が変わるのが分かった。

直後、星光に所々貫かれながらも、〝ジャバウォック〟は己の翼を広げ、羽ばたかせる。

――――これはま、ずいッ。

しかし、そうは思えど、〝星降る夜に(ナグルファル)〟を調整する事は不可能。

がむしゃらに撃ち放つだけの俺に、翼を狙うなんて行為は出来る筈がなかった。

「――――っ、たく、これはオレの奢りだッ!! 受け取りやがれ――――っ!!!

〝刺し貫く黒剣(グラディエーダ)〟!!!」

唐突に声が聞こえる。

それは、シヴァの叫び声であった。

言うが早いか、大地と天から黒い刃が突として出現。そしてそれは〝ジャバウォック〟の翼へと一直線に向かって行き。

「く、は、見事に釣られやがったよ!! なぁっ、あんた今、オレを警戒したな?」

〝ジャバウォック〟へ向けて明らかにそれと分かる嘲弄を顔に貼り付けて、シヴァはここぞとばかりに盛大にせせら笑う。

最後の逃げるタイミングを自分で潰しやがったよと、その嘲りはどこまでも轟いた。

「ここで逃げるなんて野暮な真似はよせよ、なぁ――――〝四方覆う剣群(グラディエーダ)〟ァアア!!」

シヴァの本当の狙いはその一撃。

翼を狙った一撃に〝ジャバウォック〟が躊躇いを見せ、迎撃の構えを取ったその一瞬を狙って展開されるのは――――四方を覆う黒剣の大群。

まるで取り囲みでもするように〝ジャバウォック〟の頭上、そしてその左右を俺とフィオレ、そしてシヴァすらも巻き込んで囲い尽くす。

「っ、て、何してんの!?　キミッ!?」

「覚悟決めろ〝屍姫〟!!!　ここまでダメージを与えちまったんなら時間稼ぎはまず無理だ!!!　倒し切るしかねぇよ!　いいから手ぇ貸せ〝屍姫〟!!」

「〝屍姫〟、〝屍姫〟ってあああああもう!!!　そう呼ぶなって言ったでしょうが、うるさいんだよ!!!　それに、そんな事わたしも分かってる!!」

――――本音を言うと一人で倒してやりたかった。

けれど、既に感覚のない右腕。

怒りに心なしか全身を赤く紅潮させ、憤怒に身を震わせる〝ジャバウォック〟。

流石に、無理があるかもしれないと思わざるを得なくもあった。

だから、今は受け入れる事にした。

何より、それら全てに対していらぬ世話と言えるだけの技量は今の俺に備わっていない。

そして気付けば、

「…………」

己の右腕は力なく剣を取りこぼし、だらりと垂れていた。右腕の至る場所から悲鳴が上がっており、何らかの治療を施さない限り、こちらの腕は最早使い物にならないと断定出来た。

そして、息が詰まる。

右腕から伝う激痛のせいで全身が痺れ、硬直。

激烈な痛みは脳を焼き、ほんの一瞬だけ、思い通りに身体が動いてくれなかった。

「…………はっ」

〝ジャバウォック〟の憎悪の矛先は俺一人。

散々に貫き穿たれ、痛々しい断面を覗かせる巌の如き巨大な図体。抵抗の姿勢は一切揺らがず、明らかに重傷を負っている筈であるのに、闘志の炎は未だ衰えず。

程なく俺へと襲い来るのは、複数の鋼鉄の尾による突き。迫るその速度はここにきて最速。

右の腕は役立たず。

身体もまともに機能していない。

……後先考え無さすぎた。

そう後悔しながら重力に逆らわず、下降する俺は目蓋を閉じる。

無防備の死に体。

だけど、予感があった。

何とかなる気がするという、勘としか言い表しようのない予感が。

そして、なされるがままに身体を宙に放り出した俺を——————鋼鉄の尾が刺し貫く瞬間はいつまで経ってもやっては来ず、

「……無茶し過ぎだから」

代わりに、呆れの声が鼓膜を揺らすと共に、背中に若干の衝撃が伝わる。

気付いた時にはフィオレが使役する魔物の背に乗せられており、どうやら俺は間一髪のところで彼女が助けてくれたのだと理解をして、口角を曲げた。

「さあっ!! 今度はオレの番だ!!! ユリウスばっかり追いかけてんじゃねえ!!! オレにも付き合えよ!! なぁ、なぁ、なぁ……なぁぁあぁぁぁあ!!!」

咆哮。

それは〝ジャバウォック〟に勝るとも劣らない叫び声であった。

どうせ近づけないからと割り切っているのか、シヴァは大仰に手を広げながら注目を集めんと馬鹿みたいに喉を震わせる。

そういえばアイツも〝ジャバウォック〟の相手をしたかったんだよなあと思いながら周囲の様子を横目で確認。

上空、左右。

加えて、シヴァの周囲を埋め尽くす程の漆黒が浮かんでおり、その規格外ぶりに思わず人間技じゃないとドン引きしてしまう。——ただ。

むくりと上体を起こし、俺はフィオレへと焦点を合わせた。

「分かってるとは思うけど、その腕、間違いなく折れてると思うよ。まだ戦い足りないのかもしれないけど、流石に剣が握れないんじゃどうしようもないでしょ」

一部とはいえ外殻を破壊し、相当なダメージを与えた。十分、キミは良くやった。

だから、後はわたしとあの赤髪男に任せてと俺の内心を見透かしてか、フィオレが言う。

けれども、俺はその言葉に返事をする事なく、己の身体に無言で視線を落とした。

「ん」

痺れは薄れている。

やはり、あの硬直は一時的なものであったかと思いながらも、ひっきりなしにやって来る痛みに表情をあからさまに歪めた。

いくら鍛錬などで腕をボキボキと折ってきたとはいえ、痛いものは痛い。

痛みに鈍くなるだなんて特技は勿論持っていないので、堪え忍ぶ事くらいしか出来ないのだ。

ただそれでも、それら全てに対して強引にでも背を向けられてしまう理由があった。

故に。

「あの。俺、あんまり人には言ってない特技があるんですけどね」

面白おかしそうに笑いながら、俺は言う。

特技というには些かおかしく感じる部分もあったけれど、俺にとってはそのお陰でこの状態でも尚、剣を振るう事が出来るのだから、紛れもなくソレは特技である。

「実は、両利きなんです」

「……それが何？」

「いや、だから、右が折れても左で振るえるって話なんですけど」

チャンスは一度きりだった。

右腕でケリをつけるチャンスは、確かに一度きりだった。

やがて俺は無手となっていた左手に意識を向け、胸中にて〝刀剣創造（クリエイト）〟と一言。

握り締める無骨なひと振りの剣。

そして俺は、嗤っていた。

「…………」

そんな俺に対し、返ってきたのは無言の呆れ顔。正気か、こいつ、みたいな。

真底理解出来ないと言わんばかりの表情であった。

俺は、記憶の中に存在するあの男と比べるとやはり凡人でしかないから、多少の痛みくらいは当然として受け入れなければまともに前にすら進める筈がないのだ。

そして、強敵を己の手で打ち倒すたび、己が憧れに近づきつつあるのだと確かな達成感を抱くことが出来る。それが、堪らなく嬉しいのだ。

抱いた目的の前では多少の痛みなど、比べ物にすらなりはしない。

「なんてったって、〝ジャバウォック（ファレ）〟は俺の獲物ですから」

シヴァであろうと譲る気はこれっぽっちもない。俺の手で息の根を止めて、糧とする。

そう、俺が決めたから――――。

「だからそろそろ、あの喧しい口を閉じさせないとね」

宣言と共に身体を再度、宙に投げ出した。

あー、もう好きにしてよと、耳朶を掠めるフィオレの投げやりな言葉に苦笑いを向けながら、もう一度だけ駆け上がる。

「おい!!!　あんたはもう戦えねえだろうが!!　オレに任せてすっこんでろユリウス!!!」

「えぇ、シヴァはなぁに言ってんだか」

頬が痙攣する。その発言が面白おかし過ぎて、笑む事をやめられない。

「片腕が折れたくらいで何言ってるの？　まだ後左手が残ってる」

戦えないっていうのは、両腕が折れて、出血多量で立てなくなって、這いつくばるしかなくなって漸く、戦えないと言えるというのに。

たとえ胸を大剣で抉られようとも、立てるのなら、それはまだ戦える範囲。

出血多量で視界が歪んでいても、剣を握る事が出来るのならば、それはまだ戦える範囲なのだ。

「早い者勝ちの獲物争奪戦は、まだ終わってないんだけど？」

「っ、く、はっ、ははははっ!!　はははははははは!!!!　いいぜ、いいぜ。そういう事なら止めねえ!!　好き勝手やれよ!!　だが、オレも好きにさせて貰うがな!!!」

弾けたような笑い声を轟かせながら、シヴァは左の手を掲げた。連動するように、俺達を囲っていた漆黒の剣全てが〝ジャバウォック〟に切っ先を向けた。

既に〝ジャバウォック〟を覆う外殻の大半は傷付きひしゃげてしまい、無防備な断面を晒してしまっている。

そんな中、これだけの剣が殺到した暁には、最早考えるまでもなかった。

続くように、俺も剣を掲げる。

放つのはこれで二度目。

だからきっと、さっきよりも少しくらいは上手くやれるような、そんな気がした。

時間はもう、掛けてはいられない。

「撃ち墜とせ――――」

「とっととくたばれ――――」

言葉が重なる。

そして、僅かに先んじて迎撃を試みる〝ジャバウォック〟の顎門が俺へと向けられた。

鼓膜を揺らす聞き覚えのある甲高い音。

それは何かを撃ち放つ際に幾度となく耳にしてきた音であった。

……迎撃のつもりなのだろう。

しかしならば、それすら斬り裂くまで。

軌道に変更はなく、持ち得る全てを手にする剣に注ぎ込む。

「――――〝星降る夜に(ナグルファル)〟――――ッ!!!」

「――――〝刺し貫く黒剣(グラディエーダ)〟――――ッ!!!」

十九話

ぱきり。

凍てつく音が鳴る。

ぱきり、ぱきりと音を響かせ、零下に凍えた空気がその範囲を刻々と拡大させて行く。

そしてそれは一人の女性の仕業であった。

抜き身の刃のような印象を抱かせる銀髪の女性。まるで能面を思わせる無表情を貫く彼女の名は
――ビエラ・アイルバーク。

ぱきり。

そんな彼女の側には一人の男の姿があった。

侵食し、広がり、拡がり、覆い尽くされて氷に染まるのは〝ミナウラの街〟。

廃墟の街から一変。

氷原世界に瞬く間に早変わりしてしまっていたこの惨状。

そして彼方此方で何処かに潜んでいた魔物が姿を見せるや否や、生まれる氷像。

――これ、は、完全にキレてますね……。

隣を歩くビエラが如何に人格者であると知っていようとも、これだけの馬鹿げた力を側で見せられていてはまともに生きた心地がしないと。

背中を濡らすじっとりとした気持ちの悪い汗を直に感じながら、男――――アバルドは口を真一文字に引き結び、どうにかしてこの場を乗り切ろうと彼は必死に思案する最中であった。

ぱき、り――――。

そして、漸く音が止んだ。

同時、足音も止む。

「……ビエラ様が予定より早く〝ミナウラ〟へ到着なさった事は本当に僥倖でした」

「嫌な予感がしたんですよ。こういうのを虫の知らせって言うんですかね。気は進みませんでしたが、役目は私の供回りの二人に任せて来ました」

「……成る程」

相変わらず貴女のその厄介ごとに対する嗅覚だけは、人並外れ過ぎている。アバルドは人知れずその言葉を密かにのみ込んだ。

「それで、アッシュグレーの髪の少年と赤髪の男でしたか」

それが、フィオレ・アイルバークが向かった先にいるとされる人物二人の特徴。

「それは、あそこで寝そべっている者達で相違ありませんか？」

鼻が曲がるような死臭。

あたりに充満する鉄錆と肉塊の匂いにぴくりとも表情筋を動かす事なく、ビエラは起伏のない声音で眼前に映る事実をありのまま言葉に変えた。

そこにはこれでもかとばかりに斬り傷を負わされた物言わぬ肉塊が一つ。

大の字で仰向けになっている赤髪の青年と、フィオレ・アイルバークに介抱されながら、痛い痛いと喚く少年が一人いた。

赤髪の青年の顔色は蒼白。

それは魔力を使い過ぎた際に陥る欠乏症の人間に現れる症状に似ており、アッシュグレーの髪の少年の腕は力なく垂れ下がっている。

あの状態だとまず間違いなく折れているか。

一目で状況整理をしながらビエラはため息を一度。


「————姉さん」

「うん？　っ、て、あ！　あ！　あ！　ビエラちゃんだ！　それにアバルドも！」

ぱぁあ、と真新しい物を見つけた童女のように、花咲いた笑みを浮かべながらフィオレが立ち上がる。

その際、介抱していた筈の少年からぽいっ、と手を離した事で痛苦に塗れた「いでっ」なんて声が上がるも、然程気にした様子もなくフィオレはビエラの下へと駆け寄った。

「……見た感じ、怪我人みたいですけど……あの、大丈夫なんですか？」

腕を押さえようにも押さえられないのか。

ただ、左右にゴロゴロと身体を動かし、悶えるしか出来ない少年の姿を前に、ビエラがそう言って気を遣うが、その状況を作り出したフィオレといえば、問題ない、問題ないと面白おかしそうに笑うだけ。

「あの子、頑丈の二文字が服着て歩いてるような子だから全然！」

「い、いだいいぃ……」

「……そうは見えませんけど」

「自分で腕を折りに向かうような子だし、大丈夫だと思ったんだけどなあ。……ま、そういう事ならアバルド。治してあげて」

「……承知いたしました」

数時間前に折れた腕を治した張本人であったからか、アバルドが顔に刻んだ呆れは人一倍。

どういう戦い方をすればそう、毎度毎度腕を折る羽目になるんだと少年の常識を疑いながらも彼の下へと歩み寄っていた。

「それで、アレはどなたが？」

ビエラがそう言って視線を向けるのは最早痙攣すらしない事切れた化け物の亡骸。

――〝ジャバウォック〟の残骸である。

「それは、あの二人が倒したよ。ビエラちゃんを大人しく待ってたら良いのに、倒すって言って聞かなくて。片や〝魔法〟の使い過ぎでぶっ倒れ、片や両腕をばっきばきに骨折。ほんっと馬鹿だよねえ」

「…………」

しかし、フィオレのその発言に然程関心を見せず、ビエラは無言で〝ジャバウォック〟の亡骸へと一歩、二歩と歩み寄り――――血に塗れたひしゃげた外殻を手に取った。

程なく、

「……これは、本当にこの人達が？」

「そうだけど、それがどうかしたの？　ビエラちゃん」

繰り返される問い掛け。

その様子に疑問を覚えたフィオレは若干、眉根を寄せながら聞き直す。

引き結ばれる唇。

数秒ほど間を挟み、やがて彼女は口を開いて続きの言葉を語り始める。

「……いつ何が起ころうと対処出来るように、私、辺りを凍らせながらやって来たんです」

ビエラの言葉通り、あたりは冷気に覆われ、まごう事なき氷原世界が周囲一帯に広がっていた。

「で、この魔物の亡骸ももしもの事がないように凍らせようとしたんですけど」

そこで言葉が止まる。

外殻にビエラが手を伸ばし、手が触れると同時に、彼女はやはりと言わんばかりにため息を吐いた。

「……凍らないの？」

「……この外殻が邪魔をして凍らないんです。恐らく、この魔物に〝魔法〟は軒並み通じなかった事でしょう。膨大な〝魔力〟を込めれば何とか少しは凍りますが、現実的ではないですね」

「ま、待って。待って待って。それって事は、じゃあ」

「案外、私達はそこの二人に助けられていたのかもしれません」

それは、眼前の〝ジャバウォック〟に斬り掛かった戦闘馬鹿二人だけが知る事実。

この〝ジャバウォック〟は普通ではなく、〝魔法〟を操る変異種でもあったのだ。

〝魔法〟を拒む強固な外殻。

接近すれば、平衡感覚を失う正体不明の魔法。

そして圧倒的体軀から繰り出される一撃。

本当に〝ジャバウォック〟は、まごう事なき強敵であったのだ。

もし仮に二つ名を付けるとすれば――――魔法使い殺し。そんな名が妥当だろう。

「――――にしても、『星斬り』、ですか」

「あれ？　ビエラちゃんもユリウス君の事を知ってるんだ？」

「……唯一、私が回った村の中で〝ミナウラ〟に向かいたいと志願した人です。流石に忘れられません」

「だろうねえ。そもそもあんなに異質な考え方をしてる人が何人もいるわけが……って、村人!?」

「あの方は間違いなく村人ですよ姉さん」

なにせ、村長や彼の父親から、彼をどうか関わらせないでくれと懇願されましたから。

だから、紛れもなくユリウスという少年は冒険者ではなく村人であるとビエラは繰り返す。

「とはいえ、『星斬り』とはまた、骨董品のような呼び名をよくもまあ持ち出してきたものです」

それも、歴史を知ってるかどうかすら定かでないただの村人が口にする機会があるとは。

「……あれ？　ビエラちゃんってば、もしかしなくても何か知ってる？」

「あの時は唐突過ぎて思い出せませんでしたが、今なら少しだけは。……ただ、『星斬り』は三百年ほど前に消された名前ですけどね。ですが、知ってる人は知ってると思いますよ。私のように」

「消された？」

「詳しい理由は存じ上げませんが、『星斬り』とかつて名乗っていた人物の生はあまり、良いものではなかったのでしょうね」

「……ふぅーん」

本当に知らないと判断したのか。

はたまた、興味を失ったのか。

フィオレはビエラから視線を外し、再び少年の下へと歩み寄る。

そして、何やら和かな笑みを浮かべて話しかけようとしていた。

「……流石に、真に受ける人間はいないでしょうが、それでも――」

言葉を、止める。

「……いえ、やはり考え過ぎですね。私らしくもない」

ここまでの芸当が出来るのであれば。

と、考えるビエラであったが、〝魔法〟が通じない外殻を砕き割るほどの攻撃を放った剣士とい

う事実は、まだ己とフィオレしか知らない事である。

そして、痛みにのたうち回るあの様子から察するに、本人はこれがどれだけの行為であったのか気付いていない可能性が極めて高い。

だから、その事実はビエラとフィオレが口を噤んでしまえば闇の中。仮に吹聴したところで信じる人間は一人としていまい。

まさか、〝魔法〟を全く通さない堅牢な外殻をただの斬撃で砕き割るような規格外の存在がいるとは――――誰も思うまい。

「ですが」

ビエラはふと思う。

〝戦姫〟と呼ばれ、王国有数の実力者に数えられる彼女だからこそ――――。

「――――『星斬りの剣士』。その名は、貴方が考えているよりずっと重いものかもしれませんね」

そう、述べる事にした。

名を消される人間というものは、得てして当時の上層部の人間から疎まれ、怯え、恐れられていた者達が大半だ。

なにせ、上層部の人間は王国こそが何より尊く、何より優れているものであると領民に言い聞かせる必要があるから。そうでなければ、彼らの望む王国にとって一番都合の良い治世は叶わないから。

故に、たった一人で全てを覆すような規格外の連中は、彼らにとって何よりも不都合な存在であったという事は最早言わずもがな。

……実に下らない話ではあるが、もしかすると、『星斬りの剣士』に限らず、名を消された者達の偉業はそのまま、過去の王——つまりは輝かしい国の歴史に書き換えられている可能性すらある。

そんな中で、一つ確実に言える事は『星斬りの剣士』と認識されていた人間が、名を消されるだけの何かを成してしまった人間であるという事。

間違いなく、生易しい人間でない事は確か。

そして人はそんな人間を——————化け物と呼んだ。

二十話

「――本当に良かったんですか。褒賞が王都に送り届ける、なんて事だけで」

バキバキに折れてしまっていた両腕は既にアバルドの能力によって完治。

シヴァの魔力欠乏も時間を経た事で幾分か楽になったのか、既にむくりと起き上がっており、俺とシヴァ、そしてフィオレとビエラは腰を据えて言葉を交わしていた。

「別に、これといって欲しいなんてものはありませんので」

それに、恐れ多くてとてもとても。

みたいな雰囲気を醸し出しながら俺はそう言って、いつの間にやら合流していた貴族の一人――ビエラ・アイルバークに向けて言葉を投げかけていた。

――お礼がしたい。

もし、私達がまともに〝ジャバウォック〟と相対していたならば、死者が出ていた可能性は十二分にある。だからこそ、動機や過程はどうあれ、礼がしたいと。

そう言ってビエラは俺とシヴァに欲しい物はあるかと再三に渡って尋ね掛けていたのだ。

「折角なんだ。オレみてえにユリウスも言ってみりゃ良いのによ」

物欲ってもんがねえのかよとシヴァが呆れる。

そんな彼の手には既に一枚の封書が存在していた。

それは、シヴァが駄目元で望んでいた褒賞。

「立入禁止区域――ノースエンド領への紹介状。流石は〝戦姫〟と言ったところか。まさか本当に書いてくれるとは思わなかったぜ」

噂だけだが、いち村人でしかなかった俺ですら知っている場所。

立入禁止区域――ノースエンド領。

別名、死者の街。

そこは、此処〝ミナウラ〟より更に悪評高い王国内ただ一つの立入禁止区域であった。

「……まぁ、強くなれる機会を得られるのなら俺も是非とも欲しいところなんだけども……」

――――ただ。

「今はまだ、向かうだけの理由がないからさ。だから羨ましいけど俺はやめとく」

「あん？」

それは、俺だけが知るたった一つの決め事。

体の良い言い訳作りでしかないけれど、これでも俺は無茶をする時はそれに則って行動をしてきた。

どんな小さな事でも良い。

些細な理由でも構わない。

ただ、強くなりたいという理由一つだけで無謀を敢行する気は現時点ではまだ、無いというだけの話。

とどのつまり、俺という人間はやはりどこまでも『星斬りの剣士』に憧れてしまっている人間。

だから、なぞろうとする。

真似ようとする。辿ろうとする。

誰かとの約束の為に剣を振るっていたあの男の生を。故に、大小かかわらず、無茶を押し通すのなら、真っ当な理由を求めてしまう。

誰かしらの為に、という理由を。

「決め事だよ。俺なりの、ね。……俺の剣ってやつは、そういうもんだから」

あの男の剣は。

俺が憧れた剣ってやつは、そういうものだと思うから。

「……成る程。それがあんたの矜恃ってんなら、無理強いは出来ねえなあ」

「そういう事。……それに、幼馴染みをかれこれ十日近く王都に待たせてるからさ、これ以上遅れようものなら多分俺、殺されちゃう」

「く、はは、はははは!!! そういやそんな事も言ってたっけか? まぁ、約束破ってんなら早いところ謝罪に向かわねえといけないわな」

腹を抱えてシヴァは大爆笑。

フィオレはフィオレで、思考回路あんなにぶっ飛んでる癖に幼馴染みには弱いんだ……！ などと好き勝手言って笑いを必死に噛み殺して堪えていた。

……この場において俺の味方は、無表情を貫くビエラと事なかれ主義のアバルドだけである。

「だが、そういう事なら此処でお別れって事になるな」

偶々、目的地が重なっただけという間柄。

元より〝ミナウラ〟で共に行動する事すらも想定外の出来事であった。だから、これから先も共に行動をする、だなんて気は毛頭なかったとはいえ、いざ別れるとなると少しだけ名残惜しい
――――気はしなかった。

……散々好き勝手笑いやがって。

「一人で倒したわけでもねえし、〝ジャバウォック〟を吹聴する気はねえ。ただ――――今回のは得難い経験だった」

〝魔法〟は効かないわ、近接攻撃も出来ないわ。そういう特性を持った魔物が存在するという情報を己の目で確かめられただけでも僥倖過ぎると。嘲りの消えた屈託のない笑みを向けながらシヴァが言う。

「今度会った時は……そうだな、また、こういうデカブツでも倒しに行けるといいな」

「それなら、次はもう一回り大きい魔物を見つけなきゃだね」

「はっ、そりゃいい!!　なら次の次くれえは星でも斬らねえとだなあ!!」

「……だーめだこの二人。やっぱり頭のネジが何本か吹っ飛んでるよ」

冗談まじりに言葉を交わす俺とシヴァの様子を眺めていたフィオレは心底呆れ返っていた。

　やがて静まる笑い声。

「―――ま、ぁ。結局オレには最後までよく分からなかったが……成せると良いな。その『星斬り』ってやつを、よ」

「そうだね」

　それがいつになるかは分からないけど、きっと、必ず。

「それと道案内の恩!!　あれ、いつか返してやる予定だから、これから先、無茶すんのも勝手だが、くたばんじゃねえぞ」

「勿論」

　思わず笑いを噛み殺す。

　彼なりに俺の身を案じてくれているのだろう。

　心配だと言葉にこそしなかったけれど、戦闘中の援護といい、ぞんざいな口調ではあるが世話焼きな性格をしている事は明らかであった。

「じゃ、腕も治して貰った事だし、そろそろ王都に連れて行って貰うとするかなあ」

　ぐるんぐるんと両腕を回し、元気ですアピールをしながら俺は、褒賞をくれるのなら使役する魔物に乗せて王都に連れて言ってくれと言うや否やフィオレが用意してくれた魔物の下へと歩み寄る。

「背に跨(また)がれば、王都に連れて行くよう既に命令してあるからユリウス君はしがみ付いているだけで大丈夫だよ」

　今までずっとフィオレの後ろに乗っていた為、一向に魔物の背に乗る気配のなかった彼女を不思議そうに見詰める俺をみて、フィオレはそう言えばそうだったねと、そう説明してくれていた。

「それと、最後にもう一度聞いておくけど〝ジャバウォック〟の屍骸は本当に要らないの？　冗談抜きで、何処かに売り飛ばせば村一つくらい買えちゃうよ？」

「……要らないで納得出来ないのであれば、それはあの時助けてくれたお礼、って事で駄目ですかね」

「……随分と重いお礼だねえ」

フィオレはあからさまに俺のその発言に対してドン引きしていたけれど、本当に心の底からその事についてはどうでも良かった。

俺の熱の向かいどころは星を斬る事。

ただ————それだけ。

『星斬り』の熱を知ってしまったが最後、如何に眩い黄金だろうが、馳走だろうが、異性だろうが、何もかもの優先順位が二の次になってしまう。……実際、俺がそうであった。

故に、一片とて疑う余地なく俺の中で既に完結してしまっているのだ。

「なら、その言葉に甘えさせて貰うとするかな。で、そういう事なら一つ、魔法の言葉を教えてあげる」

「魔法？」

「そ。魔法の言葉。王都に勤めるえらーいとある騎士さんが二つ返事で言う事を聞いてくれちゃう魔法の言葉。これから王都に向かうなら、そこでどうせ厄介ごとに首突っ込むんでしょ？」

だったら、ユリウス君には必要不可欠だと思うけどなあ？　と、流し目で面白おかしそうにフィオレが言葉を並び立てる。

「……どうだろ」

「いやいや、キミは突っ込むよ。わたしが断言してあげよう。キミは間違いなくそれが強くなる機会であると判断したならば関わろうとするからね、絶対に」

その強くなって星を斬りたいという渇望は、最早増殖し、拡大するだけの癌細胞のようなもの。だから、今更自制出来るようなものでもないでしょとフィオレは自身の言葉を認めようとしない俺へ、キミはそういう人間だと言い放っていた。

「だから、覚えておいて。王家直属の騎士団。それに属する副団長。名を————ゼノア・アルメリダ。あの子はわたしの名前を出せば絶対に言うこと聞いてくれるから。だから困った事があればあの子に便宜を図って貰うといいよ。『フィオレ・アイルバークに便宜を図って貰えって言われた』それが魔法の言葉」

「……分かった。覚えておく」

「うん。素直でよろしい。お姉さん、素直な子は嫌いじゃないよ」

そう言って、彼女は満足げに笑った。

「……にしても、大丈夫なんですか、姉さん」

ユリウスと名乗った少年。

そしてシヴァと名乗っていた青年が離れた瞬間を見計らい、ビエラはフィオレにそう、心配そうに声を掛けていた。

気丈にこそ振る舞ってはいるが、フィオレの能力である〝屍骸人形(マリオネット)〟が発動にそれなりの代償を要する事をビエラは知っていた。故に、能力を乱発していたであろう姉にそう声を掛けていたのだ。

「大丈夫。大丈夫(だいじょーぶ)。ちょーっと疲れはしたけど、流石にあの二人ほどじゃないし」

「……すみません」

「なんでビエラちゃんが謝るの」

目を伏せ、申し訳なさそうにするビエラに、フィオレが仕方がなさそうに笑う。

「だって、私があの場にいれば──」

「あーもー！　そんなこと言わないの。結果的に誰も死んでないし、一番最良を掴み取れたんだから今回は『良かったね』で終わっていいんだよ」

ビエラの言い分を遮るように、フィオレは態とらしく大きな声で投げやりに言う。

「それに、ビエラちゃんは遊んでたわけじゃないんだしさ」

だから、そんな顔しない。

と、慰めた後、ずっと立ちっぱなしであったフィオレが何を思ってか。地面に腰を下ろした。

「今回はそれのお陰もあって、面白い子にも出会えたし」

「……あの少年ですか」

「そーそー。ユリウス君！　結果的にあの子がいたから何事もなく終わったようなものだから」

色々と危なっかしくはあったけど、それでも助けられたのは事実だよね。

と、言葉が付け加えられる。

「それに、しんどさで言えば多分わたしよりビエラちゃんの方が上だと思うよ。その目の下の隈。どうせ、休む時間惜しんで村を回ってたんじゃないの？」

〝ミナウラ〟での魔物討伐は、予兆こそあるものの、出現のタイミングは完全に不定期である。

予兆から魔物が出現するまでの期間は誰にも予想は不可能で、だからこそ、ビエラちゃんは休む間も惜しんで村を回ってたんでしょ？

と指摘するフィオレの言い分に、ビエラは図星を突かれたように口籠る。

事実、ビエラは目の下に大きな隈を拵えていた。

「いつもそうだけど、あんまり抱え込み過ぎないようにね。その気持ちは、痛いくらい分かるんだけどもさ」

何処か遠くを一瞬ばかり見詰めた後、何事も無かったかのようにフィオレはいつも通りの笑みを浮かべた。

ビエラ・アイルバーク。

彼女が人死にを誰よりも嫌っている事は〝ミナウラ〟に関係のある人間達の間では周知の事実であった。

そして、その「尊い」在り方に一定数の人間達が付き従う。

誰も死んで欲しくはない。

そう願う彼女の想いを尊重し、皮肉にも〝ミナウラ〟での魔物討伐然り、彼女の為を思って行動を起こす一定数の人間が傷を負い、命を落とした。なんて出来事はもう数知れず。

気付けば、〝死神〟なんて呼ばれるようになってしまっていた己の妹をまた、フィオレは見詰めた。

呼び名なんてどうとでも言わせておけば良い。

いつだったか。

そう口にしていた妹の顔を――。

「――ほんと、皮肉だよねえ」

「皮肉、ですか？」

「あー、ううん。ごめんね、こっちの話」

思わず漏れ出てしまっていた本音を慌てて誤魔化し、フィオレは笑ってその場を凌ぐ。

次いで、何か上手い事ビエラの気を逸らせる話題はないものかと一瞬ばかり思案をして、

「にしても、後々王国の方には通達がいくとはいえ、あのクソみたいな連中が目を剥いて『嘘を吐くな！』って叫び散らしながら〝ミナウラ〟にやって来る日が楽しみで仕方ないよね」

再び、フィオレはユリウスの話をする事にしていた。

まさか、ただのいち村人と通りすがりの剣士に過去最大レベルに厄介な魔物の討伐に一役買って

貰った、などと言って一体誰が信じるだろうか。

特に、搾り取れるだけ税を搾り取りたいと考えている王国の連中は、これがデマであると信じて疑わない筈だ。

その場凌ぎにすらならない出鱈目な事実をでっち上げていると怒りの書簡でも寄越すのではないのだろうか。

「……揉め事はあまり望ましくはないので、出来る限り言葉は選んで下さいね」

「ええー。折角の機会なのに……勿体ない」

「勿体ないじゃないです、姉さん」

心底呆れるビエラには何を言ってもダメだと悟ってか、フィオレは先程から少し離れた場所で様子を窺っていた部下――アバルドへと視線を向ける。

「ほらほらあ。アバルドからもビエラちゃんに何か言ってあげてよ。こういう時こそ、王国の腐った貴族連中にガツンと言ってやらなきゃいけないんだって！」

「……僕は、ビエラ様を支持します。お嬢は何かとやり過ぎるので」

「あ――!!　何、わたしを裏切ってるの!?　アバルド!!」

たとえそれで胸がすく思いに浸れるとしても、その後にとんでも無く悪い未来が待ち受けていると知っているからこそ、頷いてはあげられませんと首を横に振るアバルドの反応に、フィオレは目に見えて不機嫌そうに頬を膨らませた。

「……はいはい。わっかりましたよ。大人な対応すれば良いんでしょ。やればいーんでしょ」

不承不承。

言葉でも渋々という感情を態とらしくこれ以上ない程に滲ませるフィオレであったが、アバルド達の言い分にも一理あると理解しているのか。

あからさまな深い深い溜息を一度漏らした後、不満一色であった頭の中を切り替え、何を思ってか、ふと後ろに手をついて空を見上げた。

「それにしても……変わった子もいたものだよね。『俺は、星を斬りたいんだよ』か」

紡がれる言葉。

それは、「星斬り」の憧憬を抱く少年の口癖の言葉であった。

何を思ってか、それを真似て、フィオレは唐突に呟いていた。

彼の言葉は、掛け値なしの本音だった。

微塵の取り繕いすら存在しない願望であった。

間違っても、絵本の中の〝英雄〟に憧れているような、そんな曖昧なものではなかったのだ。

「初めは何、馬鹿な事をって思ってはいたけどさ。アレを見せ付けられるとそうは言えないよねえ」

本当に、己の目の前に立ちはだかる壁を強引に越えてやらんと、言葉通り死ぬ気で戦っていた。

「余裕」なんてものとは程遠く、それはずっと泥臭いものだった。何とかして勝ちたいという意思が傍から見ても分かるほどに滲み出ていた。

たとえ、現実味のない絵空事であったとしても、思わず応援してあげたくなる程に。

だから――。

「この借りは、また改めて返してあげなくちゃいけないかなあ」

「珍しく、入れ込んでるんですね」

「ま、悪い子じゃなさそうだし?」

「……それは、私も分かってます。そうでなければ、あの時、あの言葉は何があっても出てくる筈がありませんから」

ビエラのその一言に、「あの言葉?」と、フィオレは首を微かに傾げる。

「彼という人間が、村の人間に随分と愛されていた。ただ、それだけの話ですよ」

どうか関わらせないでくれ。

そう懇願してきた彼の村の村長達の言葉は、間違っても悪い人間に向けられるものではない。

と、断言しながらビエラは小さく笑った。

それから数時間後。
フィオレの使役する魔物の背に乗り、王都へと向かった俺は王都の入り口のすぐ側で降ろして貰い、徒歩で王都へ向かう最中。

「おー。やっと来たわね遅刻魔」

がしり、と唐突に俺の肩が何者かに摑まれる。

俺の背後に誰かいるような気はしてたけど、まさかそれが知り合いであるとは夢にも思わなかった。

怖くてとてもじゃないが振り向けないけれど、この声は恐らくリレアだろう。

やがて、肩を摑む手の握力は次第に増加。

心なしか、ミシリと音が鳴っているような気もする。……中々に痛い。

「ソフィアちゃんは頭からツノ生やして、首をながーくして待ってるわよ」

何その化け物。

と、思ったけど、鼓膜を揺らす声音から察するにそんな冗談は一ミリも通じない気がした。

だから俺は下手に会話するのではなく、口は災いの元としてダンマリを決め込む事にする。

村に戻ると親父からぶん殴られそうな気しかしなくて選択肢から無条件で外していたけれど、これならいっそ、親父にぶん殴られるとしても体調不良だなんだかんだと口裏を合わせて貰うべきだったかなと心の底から後悔した。

あとがき

はじめまして！

この度は本作をお手に取っていただき誠にありがとうございました。アルトと申します。

作者の前作に続いての剣士もののお話となります。

『星斬り』という行為に憧れて突き進む剣士の英雄譚、お楽しみいただけたなら幸いにございます。

本作では技の一つとして度々、『流れ星』というワードを出させていただいているのですが、実は作者自身、『流れ星』を一度も目にした事がなく、偶に外を覗いては「流れ星見れないかなあ」と、思うのですが、中々機会に恵まれず……!!

本作を書く中で一度くらい目にする事が出来ないかなと思いつつ、物語を書かせて頂いておりました笑

本当に、いつか目にしてみたいものです……！

最後になりましたが、本作を担当して下さったろるあ様、この度は素敵なイラストをありがとうございました！

表紙をいただいた際、作者自身イラストのあまりの格好良さに飛んで喜んでおりました……！笑

また担当編集の筒井様をはじめ、本作に関わって下さった皆様にこの場を借りて厚く御礼申し上げます。

アルト

「星斬りの剣士」

刊行おめでとうございます！

シリーズ累計80万部突破の大人気作!!
一〜十三巻、大好評発売中!
戦国小町苦労譚
せんごくこまちくろうたん
夾竹桃
イラスト 平沢下戸
十三、第二次東国征伐

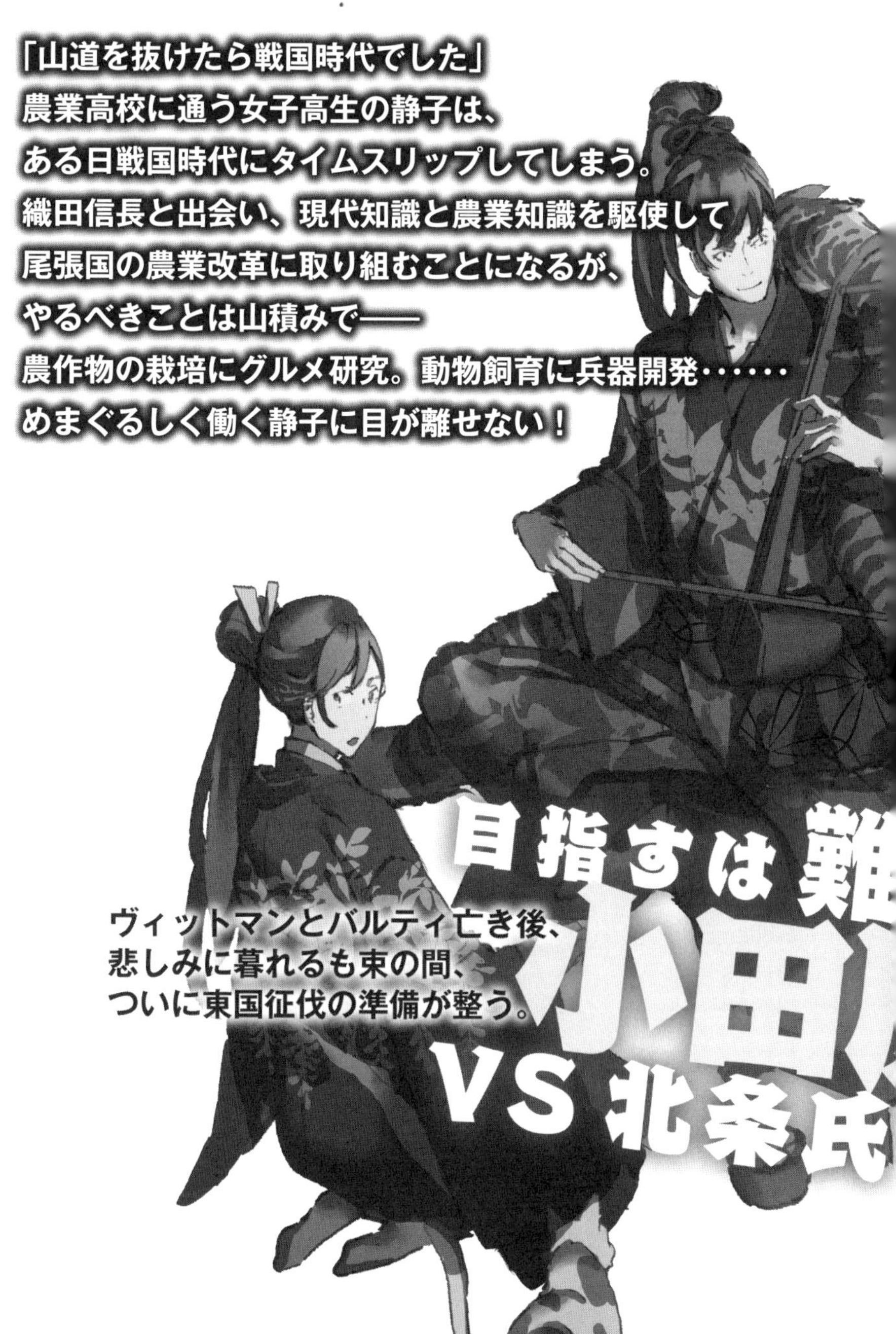
「山道を抜けたら戦国時代でした」
農業高校に通う女子高生の静子は、
ある日戦国時代にタイムスリップしてしまう。
織田信長と出会い、現代知識と農業知識を駆使して
尾張国の農業改革に取り組むことになるが、
やるべきことは山積みで――
農作物の栽培にグルメ研究。動物飼育に兵器開発……
めまぐるしく働く静子に目が離せない！
目指すは難
小田
VS 北条氏
ヴィットマンとバルティ亡き後、
悲しみに暮れるも束の間、
ついに東国征伐の準備が整う。

星斬りの剣士①

発行 ―― 2021年1月15日　初版第1刷発行

著者 ―― アルト

イラストレーター ―― ろるあ

装丁デザイン ―― 山上陽一（ARTEN）

発行者 ―― 幕内和博

編集 ―― 筒井さやか

発行所 ―― 株式会社 アース・スター エンターテイメント
〒141-0021　東京都品川区上大崎3-1-1
目黒セントラルスクエア　7F
TEL：03-5561-7630
FAX：03-5561-7632
https://www.es-novel.jp/

印刷・製本 ―― 図書印刷株式会社

ISBN 978-4-8030-1483-9